Trieb erzählt Storys von Paaren, von Liebe, die im Extremen endet. Es geht um ganz normale Menschen: Sie heißen Robert, Jürgen oder Sylvia. Sind Klempner und Kellnerinnen, Professorensöhne und Barcelona-Urlauber, gewöhnliche Seitenspringer, harmlose Trinker. Bis sich in ihrem Leben jener Spalt auftut, aus dem Begierde und Gewalt hervorbrechen, und sie ganz plötzlich Teil der spektakulären Vorfälle sind, die in seriösen Zeitungen unter »Vermischtes« stehen.
Jochen Rausch fokussiert in *Trieb* den Punkt, an dem die kleinen Macken und größeren Leidenschaften zum tödlichen Exzess führen. An dem die radikalen Handlungen möglich und folgerichtig erscheinen und oft genug die Grenzen zwischen Opfern und Tätern verschwimmen. Rausch zoomt sich an seine Figuren heran und verstört uns mit der Radikalität ihres Tuns. So sind 13 Storys entstanden, die mit ihrer Wahrhaftigkeit aufwühlen und in ihrer Direktheit faszinieren.

Jochen Rausch, ist Journalist, Autor und Musiker. Seit 2000 ist er Programmchef von Radio 1LIVE, Köln. Rausch berichtete aus zahlreichen Mordprozessen, darunter auch Verfahren gegen Serienmörder und SS-Täter. Reale Fälle sind der Ausgangspunkt für diesen Erzählungsband. Jochen Rausch lebt in Wuppertal.

www.jochenrausch.com

Jochen Rausch

Trieb / 13 Storys

bloomsbury taschenbuch

Für Margarete Rausch (1921–2009)

Trieb. 13 Storys: Ähnlichkeiten mit lebenden Personen
sind rein zufällig und nicht beabsichtigt.

FSC
www.fsc.org
MIX
Papier aus verantwortungsvollen Quellen
FSC® C083411

Mai 2012

Umschlaggestaltung: Rothfos & Gabler, Hamburg,
unter Verwendung einer Fotografie von © Trevillion
Druck und Bindung: CPI – Clausen & Bosse, Leck
Printed in Germany
ISBN 978-3-8333-0825-3

www.bloomsbury-verlag.de

And I don't know why, I don't know why
you hurt my soul and lettin' me die
Golden Earring – As long as the wind blows

Inhalt

AUF ÖLAND
(Asa & Christoph)

Sie ist es. Das ahnt er. Nein, er weiß es. Auch wenn er nur ihren Rücken sieht, weiß er es. Der nackte Hals. Das Muttermal seitlich des Halswirbels. Die Haare nach oben gesteckt, auf ihrem Nacken eine feine Kette aus erbsengroßen Perlen. Immer hat sie diese Frisur getragen. Immer hat sie ihm den Nacken gezeigt. Beiß zu! Ich will deine Zähne spüren! Beiß mich! Los, mach schon, beiß!

»Verzeihen Sie, mein Herr. Ihre Zimmernummer bitte.«

»Was?«

»Ihre Zimmernummer.«

Die Kellnerin hat ein höfliches Lächeln. Sie räumt das zweite Gedeck von seinem Tisch.

»Sechshundertfünfzehn«, sagt Warring.

»Vielen Dank. Genießen Sie den Aufenthalt in unserem Restaurant!«

Noch immer sind ihre Haare blond. Einzelne Strähnen sind aus den Spangen gerutscht, flirren über den nackten Hals. Jetzt spielen die Finger mit der Perle. Die an einer winzigen goldenen Schlinge unter ihrem Ohr baumelt. Sie frühstückt nicht allein. Ein Mann, Mitte vierzig, Brille, hohe Stirn, schmales, gebräuntes Gesicht. Eine gepflegte, sportliche Erscheinung mit Chefarztlächeln. Als er mit dem Kellner spricht, hört Warring den amerikanischen Akzent.

Christoph Warring faltet die Serviette auf. Der Amerikaner führt die Gabel zum Mund. Der Bissen auf der Gabel ist nicht größer als eine Wespe. Der Mann lächelt, kaut, nickt, tupft die Stoffserviette in die Mundwinkel und lacht mit blinkenden Zähnen. Sie war eine gute Geschichtenerzählerin damals, denkt Warring. Offenbar ist sie es immer noch.

Er geht zum Buffet, hält sich im Rücken der blonden Frau. Vielleicht täuscht er sich ja. Vielleicht ist es nur Einbildung. Es wäre nicht das erste Mal, dass er sich irrt. Auf der Mütze des Frühstückskochs prangt das Logo des Hotels. Parkresidenz Konstanz.

»Ein Rührei, der Herr? Oder ein Spiegelei, ein Omelett?«

»Dann ein Omelett bitte!«

Warring legt Paprikastreifen, Gurkenscheiben, eine Ecke Frischkäse und eine Scheibe Vollkornbrot auf seinen Teller. Er hofft sogar, sich zu irren. Dann erst dreht er sich nach ihr um.

Es ist Asa Hakansson. Sie hat ein breiteres Gesicht bekommen. Ihre Haare sind stumpf geworden. Eine Tönung vielleicht. Sicher mag sie das Grau des Alters nicht, denkt Warring. Ihre Haut ist weich und faltig, aber das Blau ihrer Augen ist immer noch leuchtend. Asa Hakansson. Dann sind also zwanzig Jahre vergangen, denkt Warring. Wenn sie spricht, unterstreicht sie die Worte mit der Hand. Jetzt stellt sie den Kopf schräg. Die Perle an ihrem Ohr berührt ihre Schulter. Es sind noch nicht zwanzig, denkt Warring. Es sind erst siebzehn Jahre. Dann haben sie ihr Zeit geschenkt.

Die Kellnerin serviert ihm den Kaffee am Tisch. Asa Hakansson sitzt aufrecht. Nun redet der Amerikaner. Hin und wieder nickt sie, legt den Kopf mal auf diese, mal auf die andere Seite, beugt den Oberkörper vor. Sie winkt dem Kellner.

»Coffee, please!«

An ihre Stimme erinnert sich Warring wie an einen lange nicht gehörten Song. Sie hatte immer schon diese dunkle, kehlige Stimme, eine Stimme, die damals älter schien als sie selbst. Jetzt hat sie das richtige Alter für ihre Stimme. Wie oft ist diese Stimme wie eine Schlange zu ihm gekrochen?

Plötzlich friert er. Gleichzeitig treten ihm Schweißperlen auf die Stirn. Der Frühstückssaal beginnt zu wanken. Warring hält sich mit einer Hand am Tisch fest. Mit der anderen greift er nach der Zeitung, streicht sie glatt.

Pakistan ertrinkt. Chilenische Bergleute verschüttet.

Natürlich könnte er gehen. Jetzt gleich. Er könnte das Wochenende mit Brenda, Robby und Kim in Burlington verbringen. In ihrem Haus mit den Erkern und der Aussicht auf die endlosen Wälder von Vermont. Burlington erscheint Warring in diesem Moment als der friedlichste und schönste Ort der Welt.

Ein Kellner tritt an den Tisch des Paares, verbeugt sich, kann nicht ahnen, wen er vor sich hat. Würde er noch lächeln, wenn er es wüsste? Asa Hakansson lehnt sich zurück, bestellt Kaffee. Damals hätte sie geraucht. Aber das Rauchen ist hier untersagt. Sie sieht in den Park, wo ein Gärtner auf einem lächerlich schmalen Traktor hockt.

Immer noch hat sie die stolze Haltung einer Frau aus allerbestem Haus, denkt Warring. Die siebzehn Jahre haben daran nichts geändert. Ihr Vater, Lars-Olof Hakansson, hat seine Tochter auf die teuersten Internate und an die besten Universitäten geschickt. Paris, London, Chicago. Nach dem Studium wurde sie Assistentin von Tore Nordgren, dem besten schwedischen Herzchirurgen seiner Zeit.

Der Kellner bringt ihr den Kaffee. Warring nimmt einen ersten Bissen vom Omelett. Samuel Greenslade vom Massachusetts General Hospital betritt den Raum, sucht nach einem bekannten Gesicht. Warring senkt den Kopf, sieht aus dem Fenster, Greenslade geht vorüber. Nebel schwebt über den Ästen der Chausseebäume. Jetzt schiebt der Gärtner Laub zusammen.

Im Mai 1990 sind sie sich begegnet. Ein Kongress in Rom. Die Stadt roch nach Sommer. Sie hatten den eintönigen Singsang der Simultanübersetzer auf den Kopfhörern und ließen ihre Blicke gelangweilt durch das Kongresszentrum streifen. Die Blicke blieben aneinander hängen. Sie war damals siebenundzwanzig, er vierunddreißig. Seit einem Jahr war er Chefarzt in Kassel. Einer der jüngsten Chefärzte in Deutschland.

Sie verließen das Kongresszentrum und liefen zu einem Restaurant bei der Fontana di Trevi. Das Essen rührten sie kaum an, verfolgten sich lieber mit den Augen. Sie zahlten noch vor dem Hauptgang, fuhren mit dem Taxi zum Hotel. Warring packte sie im Flur. Biss ihr in den Nacken. Beiß mich! Noch bevor er Asa Hakansson auf den Mund küsste, schob er ihr die Zunge ins Ohr. Beim ersten Kuss dann fasste er ihr gleich unter den Rock. Nie zuvor, schon gar nicht bei Ruth, war er jemals so unbeherrscht gewesen.

Warring trinkt einen Schluck Tafelwasser. Der Mund ist ihm trocken geworden. Dann isst er die letzten Bissen von dem Omelett. Der Amerikaner lacht. Wieder blinken die Zähne. Asa Hakansson lacht, wenn auch nicht so ausgelassen wie ihr Gegenüber.

Damals in Rom wurde er hinweggeschwemmt von einer Woge aus Gier. Sie fanden gar kein Ende. Alle Anfänge und alle Enden hatten sich aufgelöst, waren ineinander verhakt, in einem endlosen Kreislauf.

Sie blieben in Rom, als der Kongress längst schon zu Ende war. »Sag mir, was ich tun soll«, sagte Asa, »und ich tu's!«

Er sagte, sie solle sich die Haare hochstecken, damit er sie in den Nacken beißen könne. Sie schob die Haare hoch.

Er würde gerne rauchen jetzt, denkt Warring. Seit zwanzig Jahren hat er nicht mehr geraucht. Beiß mich, beiß mich! Sie steht auf. Dreht sich zu ihm, reckt das Kinn leicht nach vorne und geht, als wäre der Frühstücksraum ihr Laufsteg. Die Männer an den Tischen blicken auf. Sie bezahlt mit einem milden Lächeln.

Von Rom flog Warring nach Frankfurt und sie nach Stockholm. Nicht eine Sekunde verlor er sie aus den Gedanken. Nach der Landung rief er sie von einer Telefonzelle aus an. Es war der erste von unzähligen Anrufen. Sie telefonierten zwischen den Operationen, vor den Visiten, nach den Visiten. Er schloss sich in sein Büro ein, um am Telefon mit ihr zu schlafen.

»Wann kommst du zu mir?«, fragte sie immer wieder.

»Bald, sehr bald!«

Sie trafen sich in Hamburg, Genf, Oslo, in Chicago, in Lissabon. Warring arrangierte Termine mit Kollegen, nahm jede Fortbildung, jeden Kongress, jede Einladung zu Vorträgen wahr. Mit der Zeit fiel ihm das Lügen leicht, Ruth hegte ja nie einen Zweifel. So stolz, wie sie auf ihren Mann war. Sie mochte seinen Ehrgeiz, seinen Willen, eines Tages Chefarzt an einer der großen Kliniken zu werden, in Hamburg, Berlin, vielleicht sogar Chicago, New York oder Boston. Und Ruth hatte ja auch die Kinder. Zwillinge. Anderthalb Jahre damals. Kind 1 und Kind 2.

Warring beugt sich vor, als sie von den Waschräumen kommt und durch den Speisesaal schreitet. Den Stolz hat man ihr nicht gebrochen, denkt er. Der Amerikaner tätschelt Asa die Hand, winkt dem Kellner. Noch eine Bestellung.

Für ihre Briefe, Karten und Päckchen legte Warring ein

Postfach an. Mietete ein möbliertes Zimmer, um ungestört mit ihr zu telefonieren. Wenn er das Zimmer betrat, blinkte der Anrufbeantworter von ihren Anrufen. Aus dem Faxgerät kam Nachricht um Nachricht. Und sie telefonierten. Immer wieder. Oft hörten sie sich nur beim Atmen zu.

Darüber vergingen der Sommer, der Herbst und der Winter. Im Frühjahr fragte Asa ihn, wann er seine Frau verlasse.

Jetzt löst sie eine der Haarspangen. Hält die Spange mit den Lippen, während sie die Haare am Hinterkopf ordnet.

In jenem Frühjahr hatte Warring damit begonnen, sie zu vertrösten. Für Ruth besuchte er noch mehr angebliche Kongresse. Aber jetzt log er auch bei Asa. Dass er seine Frau verlässt. Bald schon, bald! Im Frühjahr nicht, aber bestimmt im Sommer! Bestimmt! Längst war er eingekeilt zwischen all den Lügen.

»Wann kommst du endlich zu mir, wann?«

Warring machte sich Notizen, weil er mit den Lügen nicht durcheinanderkommen wollte. Dann schlug er Ruth einen Urlaub in Schweden vor.

Sie fuhren mit Kind 1 und Kind 2 auf Öland. Seine Mutter begleitete sie. Warring hatte ein großes Ferienhaus in Mörbylanga gemietet. Ein Haus mit einer strahlend weißen Holzfassade, blauen Fensterläden und Sprossenfenstern. Umstellt von knorrigen Bäumen, deren Äste bis auf die Terrasse und das Dach ragten. Vom Schlafzimmer der Blick aufs Meer.

»Eine Idylle«, sagte seine Mutter.

Die Sonne schien und schien. Kind 1 und Kind 2 krabbelten über den Rasen oder spielten in der Sandkiste. An den Vormittagen fuhr die Familie ans Meer. Die Zwillinge kreischten, wenn sie die Füße in die kühlen Wellen steckten.

Mit Ruth unternahm er Spaziergänge am Strand. Sie aßen an den Fischbuden geräucherten Hering, schmiedeten Pläne. Noch ein Kind vielleicht.

»Bloß nicht wieder Zwillinge!«, rief Ruth, blies die Backen auf und lachte.

Jetzt ist es der Amerikaner, der zu den Waschräumen geht. Er hat einen federnden Gang. Asa zückt ihr Handy. Das Display leuchtet auf. Es ist ungerecht, denkt Warring, dass sie dort sitzt. Es dürfte nicht sein. Es sollten doch zwanzig Jahre werden. Mindestens.

Auf ihr Gesicht kriecht ein Lächeln. Ihre Finger bewegen sich geschmeidig über die Tasten. Eine Chirurgin eben. Sie lächelt, als der Amerikaner zurückkehrt, plinkert mit den Augen. Sie steckt das Handy ein, er streichelt über ihre Wange.

Jeden Mittag verabschiedete sich Warring zum Angeln. Tatsächlich aber fuhr er nach Borgholm, wo Asa in einem Hotel auf ihn wartete. Wenn er von ihr ging, wenn er zurückfuhr zu dem Ferienhaus, zu seiner Frau, seiner Mutter und den Zwillingen, dann sagte Asa: »Wann wirst du sie endlich verlassen?«

Unterwegs kaufte er noch fangfrischen Barsch, Saibling oder Zander, warf seinen Fang in den Eimer im Kofferraum und später auf den Ferienhausgrill.

Da wusste er längst, dass es nicht mehr lange so weitergehen konnte. Nur noch diese Tage auf Öland, die beiden Mittagsstunden in dem abgedunkelten Hotelzimmer, dann musste es zu Ende sein. Er legte sich schon die Worte zurecht, die er ihr sagen wollte.

Aber dann war sie nackt, als sie die Tür öffnete, und er schluckte alle Worte herunter. An seinem vorletzten Urlaubstag auf Öland ließ er Asa die Tür gar nicht erst öffnen.

Er blieb auf dem Hotelflur, hielt den Knauf, sie sahen sich durch den Türspalt.

»Ich will nicht, aber ich muss dich verlassen«, sagte er.

»Das wusste ich«, sagte sie und schloss die Tür.

Er war überrascht gewesen, wie leicht es gegangen war. Er setzte sich in seinen Volvo und fuhr ziellos über die Insel. An einem Imbiss bestellte er geräucherten Hering, lief am Strand entlang, versuchte, nicht mehr an sie zu denken.

Am letzten Urlaubstag packte Warring nach dem Frühstück sein Angelzeug und fuhr zum ersten Mal tatsächlich an den Teich östlich von Mörbylanga. Dort klappte er den Hocker aus, warf den Köder und wartete, dass ein Fisch anbiss. Es war ein ungewöhnlich heißer Sommer. Über dem stillen Wasser schwirrten die Mücken. Er durfte nicht nachgeben, nicht doch noch nach Borgholm fahren und an Asas Zimmertür klopfen. Fische bissen nicht an. Vielleicht gab es in dem Teich gar keine Fische, dachte er. Vielleicht war er deshalb der einzige Angler dort.

Warring schreckt hoch, als irgendwo laut scheppernd ein Teller zerbricht. Für einen Moment verstummt das Stimmengewirr der Frühstücksgäste. Dann wird ausgelassen gelacht. Lächelnd fegt die Kellnerin die Scherben zusammen, während Asa Hakansson zum Buffet geht, Joghurt in eine Schüssel löffelt. Der Amerikaner lässt sie nicht aus den Augen. Warring zerteilt eine Kiwi. Saft tropft.

Gegen Mittag packte Warring das Angelzeug in den Wagen, machte noch einen Schlenker nach Färjestaden und kaufte in dem Fischladen ein paar Forellen für den Grill. Dann fuhr er nach Mörbylanga, zu seiner Familie. Da in dem Wagen, auf der Landstraße, freute er sich plötzlich auf sein neues Leben. Ein Leben ohne Lügen. Er kurbelte die Scheibe herunter, legte den Arm raus, hörte Radio.

Als ihm ein Rettungswagen mit Blaulicht und heulender Sirene entgegenkam, und wenig später ein zweiter, fuhr Warring schneller, ohne zu wissen, warum eigentlich. Und an dem strahlend blauen Sommerhimmel über Öland sah Warring dann die schwarzgraue Wolke.

An der Einfahrt zum Ferienhaus stoppte ihn ein Polizist. Neben der Kinderschaukel ein Feuerwehrwagen. Aus dicken Schläuchen schoss Wasser in die Flammen. Das Haus war hinter einer Feuerwand verschwunden. Hitze, Rauch, fliegende Funken. Auch die Bäume brannten lichterloh.

Kind 1 und Kind 2, deren tatsächliche Namen Warring seit jenem Tag nie wieder aussprach, verbrannten in ihren Betten bis zur Unkenntlichkeit. Ruth wurde mit lebensgefährlichen Brandverletzungen zur Unfallklinik nach Karlskrona geflogen. Warrings Mutter erlitt Brandverletzungen an Armen und Beinen und einen schweren Schock.

Vierzehn Monate später sprang Ruth von der Dachterrasse der Universitätsklinik Bonn, wo sie eine Hauttransplantation bekommen sollte. Seine Mutter wurde in einem Pflegeheim in Fulda untergebracht. Nie wieder sprach sie ein Wort mit ihm. Als sie vier Jahre später starb, hatte sie in ihrem Testament verfügt, ihrem Sohn für die Dauer ihrer Beerdigung das Betreten des Friedhofs zu verwehren.

Warring zog in die USA, fand Anstellungen an Krankenhäusern in Maine, Arkansas und Vermont. Dort heiratete er Brenda McCormick, eine Assistenzärztin. Seitdem lebt er in Burlington. Robby ist acht, Kim sechs Jahre alt.

»Noch einen Kaffee, der Herr?«

»Ja, bitte.«

»Aber gerne.«

Der Amerikaner und Asa Hakansson haben ihre Zeitungen aufgeblättert. Sie hat den Stuhl zurückgeschoben und die

Beine übereinandergeschlagen. Sie trägt matt schimmernde Seidenstrümpfe und hochhackige, lackglänzende Schuhe. Den rechten Schuh lässt sie an den Zehen baumeln.

Längst hat ihr Gift seine Wirkung entfaltet. Nur zu gerne würde Warring sie gleichgültig betrachten, ohne die Lust, ohne den Drang, sie zu berühren. Vielleicht müsste er sich dann auch nicht vor sich selber ekeln.

Er hatte der Polizei ihren Namen gesagt. Am Tag nach dem Brand wurde sie im Karolinska Universitätskrankenhaus in Stockholm verhaftet, wo sie gerade von einer Herz-OP kam. Asa Hakansson sagte, nicht sie, sondern Warring habe das Feuer gelegt. Um frei zu sein. Für sie. Das habe er ihr versprochen.

Ein Friseur sagte aus, Asa Hakansson wenige Stunden nach dem Brand die Haare geschnitten zu haben. Sie seien auf der linken Seite versengt gewesen. Hakansson habe behauptet, das sei mit einem Lockenstab passiert. In ihrer Waschmaschine fand die Polizei einen Pullover mit winzigen Brandlöchern. In Tatortnähe waren Reifenspuren ihres Wagens. Ein Tankwart aus Borgholm gab an, die Hakansson habe wenige Tage vor dem Brand zwei Benzinkanister gefüllt.

Der Fischhändler in Färjestaden sagte, Christoph Warring sei in seinem Fischladen gewesen, als in dem Ferienhaus in Mörbylanga der Brand ausbrach.

Ruth konnte erst zwei Monate nach dem Feuer vernommen werden. Sie sagte aus, es habe geklopft, als sie gerade die Kinder zum Mittagsschlaf gelegt habe. Eine Frau habe um ein Glas Wasser gebeten. In der Küche seien sie kurz ins Plaudern gekommen, über die Hitze, die Mücken, Belanglosigkeiten. Die Unbekannte habe sich dann verabschiedet. Von dem Augenblick an habe sie keine weiteren Erinnerungen. Bei der

Gegenüberstellung erkannte Ruth in der unbekannten Frau Asa Hakansson.

Erst da gab Asa Hakansson zu, am Ferienhaus gewesen zu sein. Sie habe Ruth die Wahrheit sagen wollen. Plötzlich habe es einen Knall gegeben. Innerhalb weniger Sekunden sei ein Feuer ausgebrochen, sogar die Sträucher und Bäume hätten gebrannt. Sie habe befürchtet, dass man sie als Warrings Geliebte verdächtigen würde, das Feuer gelegt zu haben. Sie sei in Panik geraten und geflüchtet.

In Ruth Warrings Blut war nach dem Brand Fentanyl gefunden worden, so hoch dosiert, dass sie daran hätte sterben können. Warrings Mutter sagte, sie habe sich im Schlafzimmer im Obergeschoss ausgeruht, sei dann von den Schreien der Kinder aufgewacht. Die Tür zum Kinderzimmer sei verschlossen gewesen. Durch das Haus sei dichter Qualm gezogen. Sie habe ihre Schwiegertochter bewusstlos in der Küche gefunden und in den Garten gezogen. Dann habe sie versucht, die Kinder zu retten. Aber das Feuer sei schon aus den Fenstern und Türen geschlagen.

Ein Gericht in Stockholm verurteilte Asa Hakansson wegen Brandstiftung mit Todesfolge zu zwanzig Jahren Haft. Wochenlang berichteten die schwedischen Zeitungen über den Fall. Der *Expressen* druckte Dutzende Leserbriefe.

»Und was ist mit dem Deutschen? Gehört der nicht auch ins Gefängnis?«, hieß es in einem der Briefe.

Warring fährt mit dem Zeigefinger über die Klinge des Obstmessers. Sie ist nicht sonderlich scharf und vielleicht auch nicht lang genug. Er muss nur das Herz an der richtigen Stelle treffen, dann wird es reichen. Warring weiß, wie er ein Herz zum Stillstand bringt.

Eine Operation, denkt er, es ist eine Operation am Herzen. Es vergehen noch einmal zehn Minuten, in denen

Warring beseelt ist von dem Gedanken an diese OP, es wäre seine letzte.

Endlich erheben sich die beiden. Warring folgt ihnen. Der Amerikaner legt einen Arm um ihre Hüfte. Sie küsst ihn auf die Wange. So schlendert das Paar zu den Aufzügen. Warring riecht ihr Parfum. Ihr Nacken ist jetzt ganz nah. Vielleicht ist die Klinge doch nicht lang genug, denkt er, als er sie wieder mit den Fingern abmisst.

Die Türen des Aufzugs öffnen nach einem hellen Glockenton mit einem sanften Sirren. Der Amerikaner und die Frau steigen ein. Mit ihnen zwei Männer und eine ältere Frau. Dann Warring. Der Amerikaner drückt die Zehn. Einer der Männer die Fünf, die alte Dame die Sieben.

Jetzt, in diesem Augenblick, sieht Asa Hakansson zu ihm hin. Seine Zeit bleibt stehen. Die Türen des Aufzugs gleiten zusammen. Sachte fährt der Lift an. Gedämpfte Geigenmusik. Die alte Frau hustet.

Asa Hakansson lässt den Blick bei ihm. Als sähe sie durch ihn hindurch in eine unendliche Landschaft.

Ja, denkt Warring, er wird sie operieren, jetzt gleich. Das Messer liegt in seiner Hand. Es wird schnell gehen. Und in diesem Moment denkt er an Kind 1 und Kind 2. Dass er es für sie tun wird. Simon und Rafael, flüstert er.

Der Amerikaner sieht jetzt zu ihm hin. Nickt, lächelt, warum auch immer. Mit dem Schlagen des Gongs hält der Aufzug im fünften Stock. Die beiden Männer steigen aus. Der Amerikaner lächelt Asa Hakansson an. Er scheint sie wirklich zu mögen. Sie sieht nicht hin zu ihm, hält Warring im Blick.

In der siebten Etage steigt die alte Frau aus. Der Amerikaner betrachtet nun den Teppichboden des Aufzugs. Warring schließt die Faust um den Griff des Obstmessers.

Der Aufzug hält in der zehnten Etage. Der Amerikaner steigt aus.

»Kommst du?«, fragt er aus dem Flur.

Asa Hakansson hat dem Amerikaner den Rücken zugewandt. Noch immer hält sie Warrings Blick stand. Macht dann einen Schritt nach hinten. Vor der offenen Tür des Aufzugs bleibt sie stehen.

»Murderer«, sagt sie.

»Yes«, sagt Warring.

Dann schließen sich die Türen, der Aufzug lässt sich in die Tiefe fallen. Warring wünscht sich für einen lächerlichen Augenblick, der Aufzug käme nie wieder zum Stehen.

* * *

Asa Hakansson wurde wegen guter Führung und einer gelungenen Resozialisierung nach Verbüßung von fünfzehn Jahren vorzeitig unter Auflagen aus der Haft entlassen. Durch diskrete Intervention ihres Vaters bei der zuständigen Behörde wurde Asa Hakansson die Approbation als Ärztin auf Probe erteilt. Seitdem praktiziert sie unter dem Namen Maud Hägglund als Kardiologin an einer privaten Klinik in Uppsala.

NACHBARN
(Martha & Jürgen)

ROLAND HERMES, 46, POLIZEIHAUPTKOMMISSAR, HAGEN: Das Erschreckende an dem Fall ist ja seine Banalität. So was bringen sie in der Zeitung doch höchstens im Lokalteil. Eine liebe alte Frau war die Frau Großknecht. Jahrgang 22. Die hat dem Tschiedel doch schon so oft Geld geliehen. Und natürlich nie einen Cent zurückbekommen. Vermutlich hatte sie Mitleid mit dem. Aber der Tschiedel kriegte den Hals einfach nicht voll.

An dem Samstag hat er wieder geschellt bei ihr. Diesmal hat die Frau Großknecht aber nein gesagt. Und dann stößt er sie in den Flur und springt ihr auf die Brust. Sieben Rippen hat er der alten Frau gebrochen, das hat die Autopsie ergeben.

Gewürgt hat er sie auch noch, bis sie sich nicht mehr gerührt hat. Und hat ihr dann die Geldbörse ausgeräumt. 76 Euro und 23 Cent. Wegen so was bringt der eine um. Und als der Tschiedel rauswill, bewegt sich die Frau Großknecht plötzlich. Also zertritt er ihr auch noch das Gesicht. Das muss man sich mal vorstellen, dass ein Mann von siebenundvierzig Jahren einer wehrlosen alten Frau so was antut.

Erst vor ein paar Tagen hatten wir am Güterbahnhof eine Schießerei zwischen Drogendealern. Da wurden zwei die Gehirne weggeschossen. Sah auch nicht gut aus. Aber diese Typen wussten ja wenigstens, worauf sie sich einlassen.

Jedenfalls hat mich das nicht so schockiert wie die Sache mit der alten Frau Großknecht.

LUIGI PERNIGOTTI, 38, GEBÄUDEREINIGER, DORTMUND: Bis auf Carla, meine Frau, glauben alle, ich bin Fensterputzer. Ich will nicht, dass meine Jungs in der Schule geärgert werden, weil ihr Vater das Blut von Selbstmördern aufkratzt. Oder weil ich bei den Messies bis zu den Knien im Müll stehe, und plötzlich kriechen da Mäuse und Ratten herum. Meine Firma heißt Superclean, gehört Typen aus Los Angeles. In L. A. wird alle paar Minuten einer abgeknallt. Und wer macht den Dreck wieder weg? Das ist die Geschäftsidee von Superclean. Der Laden brummt.

Der Job in Hagen war reine Routine. Mehmet und ich waren nach zwei Stunden wieder draußen. Obwohl sich das Blut schon ins Parkett gefressen hat. Und die Tapete sah aus, als wäre eine Flasche Rotwein explodiert. Der Kerl hat der Frau ja den Kopf zertreten. Widerlich. Das war alles schon getrocknet. Mehmet hat das mit einem Spachtel abgekratzt und die Tapete mit Lauge abgewaschen.

Unter dem Telefonschränkchen habe ich ein Stück von dem Gebiss der alten Frau gefunden. Drei Zähne. Manchmal ist die Polizei ganz schön blind. Unter einem Sofa habe ich sogar mal ein Ohr gefunden. Wie kann man eine Leiche abtransportieren und nicht merken, dass der ein Ohr fehlt?

Meine Frau hat mich mal gefragt, wie der Tod eigentlich riecht. Das kommt ganz darauf an, wie lange es her ist, habe ich gesagt. Für die ganz harten Fälle haben wir Atemschutzmasken. Das war aber bei der alten Frau nicht nötig. Die hat ja nicht lange gelegen. Eine ganz ordentliche alte Frau war das. Da hatte alles seinen Platz. Alles picobello sauber.

Auf das Parkett hat die Polizei den Umriss der Leiche gemalt. Eine winzige Frau war das. Die Blutlache war größer als die Leiche. Bei uns heißt ein Blutfleck übrigens Soße. Wisch mal die Soße vom Teller, sagen wir dann. Das klingt vielleicht ein bisschen herzlos, aber wir müssen ja auch sehen, dass wir mal einen Spaß machen bei der Arbeit. Sonst würde man ja durchdrehen.

Ich habe dann Hexal auf den Blutfleck gekippt. Das sieht aus wie das Zeug im Katzenklo. Nach ein paar Minuten kann man das Blut und das Gehirn einfach rausfegen. Mehmet hat noch mit der Lupe die Fußleisten und Türpfosten kontrolliert, ob dort noch irgendwelche Spritzer waren. Dann haben wir unsere Nebelmaschine geholt und die Wohnung desinfiziert. Das war's dann. Wie gesagt, war keine große Sache da.

HELMUT KÖHLER, 78, RENTNER, HAGEN: Meine Frau und ich würden nicht sagen, dass wir mit den Großknechts befreundet waren. Ich sage immer, Nachbarn und Verwandte kann man sich nicht aussuchen. Aber wenn man dreiundvierzig Jahre Tür an Tür wohnt, dann kommt da schon mal mehr heraus als nur guten Tag.

Manchmal haben wir Geburtstage oder Silvester zusammen gefeiert. Da waren anfangs nur Postler hier im Haus. Hoch auf dem gelben Wagen, das war unser Leitspruch. Auch wenn sich Herr Großknecht für was Besseres hielt. Der war Revisor bei der Postdirektion Dortmund. Als ich den Ford Consul neu hatte, da hat er ganz scheinheilig gesagt, was so ein toller Wagen denn wohl kostet. Wahrscheinlich hat er sich gefragt, wieso sich ein einfacher Dienststellenleiter einen solchen Wagen leisten kann.

Nachdem er gestorben ist, haben wir die Martha Großknecht nicht mehr eingeladen. Man weiß ja nicht, ob eine

Witwe mit den Nachbarn zusammensitzen will, wenn alle anderen Frauen noch ihre Männer haben. Da fühlt man sich doch schnell wie das fünfte Rad am Wagen. Man hat sich dann nur hin und wieder im Treppenhaus oder beim Einkaufen getroffen.

Und dann ist auch noch das mit Ingo passiert. Das war 1995 oder 1996. Der Ingo war das einzige Kind von den Großknechts. Bei dem ging irgendwie alles schief. Als er tot war, hat die Martha gesagt, ihr Ingo sei in Wuppertal vom Balkon gestürzt, als da ein Sturm war. Aber Hans-Herbert Kaiser, der hier parterre wohnt, hat einen Bruder in Wuppertal. Und von dem hatte er einen Zeitungsausschnitt, in dem stand, dass der Ingo sich umgebracht hat.

Der Tschiedel war hier von Anfang an niemandem geheuer. Der ging jeden Tag um genau 11 Uhr 55 aus dem Haus. Und wo ging er hin? In die Kneipe an der Emilienstraße. Der hat sich richtig beeilt. Als hätte er Angst, dass er zu spät kommt. Als wäre das sein Beruf, da am Tresen zu stehen.

Irgendwann haben wir dann auch mitbekommen, dass er vormittags zu Martha ging. Darüber haben alle anderen im Haus nur den Kopf geschüttelt. Was will denn so einer von der alten Frau? Na ja, jetzt sind wir schlauer.

Ist schon traurig. Aber ich bin froh, dass der Tschiedel jetzt weg ist. Wer weiß, was der noch alles angestellt hätte.

ROLAND HERMES, 46, POLIZEIHAUPTKOMMISSAR, HAGEN: Das ist ja hier keine große Stadt, wir haben nur ganz selten mit Mördern zu tun. Insofern fehlt mir der Vergleich. Aber der Tschiedel war mir auf Anhieb unsympathisch. Der hatte ein völlig nichtssagendes Gesicht. Als sei ihm alles und jeder egal.

Haben Sie Martha Großknecht getötet?, habe ich gefragt.

Ich habe gar nicht mit einer Antwort gerechnet, aber der Tschiedel sagte einfach ja. Als hätte ich gefragt, ob er ein Glas Wasser will.

Und warum haben Sie die Frau Großknecht getötet?, habe ich dann gefragt. Warum?, hat der Tschiedel gesagt und mich ganz erstaunt angesehen. Weil sie mir keine Kohle geben wollte, darum. Der ist ja kälter als ein Gefrierfach, habe ich noch gedacht.

Sie sind also der Meinung, dass Sie sich anmaßen können, Ihre Nachbarin zu töten, nur weil die Ihnen kein Geld für Ihre Sauferei geben wollte? Habe ich Sie da richtig verstanden, Herr Tschiedel?, habe ich gesagt.

Ich weiß, das war nicht gerade aus dem Lehrbuch der Verhörtechnik. Aber wie gesagt, ich habe nicht oft mit Mördern zu tun. Meist laufe ich ja hinter Autodieben, Scheckkartenbetrügern und Schlägern her.

Es ist genau so, wie Sie sagen, Herr Kommissar, hat der Tschiedel geantwortet.

DIRK KAHMANN, 51, ENTRÜMPLER, GEVELSBERG: So eine verlassene Wohnung, die erzählt ja manchmal ein ganzes Leben. Wenn ich in die Wohnungen komme, sind die Desinfizierer schon wieder draußen. Dann sehen die Wohnungen wieder aus, als würden die Bewohner jeden Moment zurückkommen.

Bei der Wohnung von Frau Großknecht war nichts Ungewöhnliches. Solche Wohnungen sehe ich fast jeden Tag. Sind die Leute über achtzig, dann sind ihre Möbel im Schnitt um die dreißig Jahre alt. Mit fünfzig kauft man sich vielleicht noch mal einen Schrank oder eine neue Küche. Aber wenn man sechzig oder siebzig ist, denkt man wahrscheinlich, das lohnt sich sowieso nicht mehr.

Also da war alles ganz normal und sehr ordentlich. Landschaftsbilder von der Ruhr, die Polstergarnitur mit Blümchenmuster, eine solide Eichenschrankwand, ein Fernseher von Philips. Die Fernbedienung war mit Pflastern geklebt. Die Frau hatte fünf Jahrgänge Reader's Digest, ein paar Kochbücher, Schallplatten von Udo Jürgens und James Last. An Geschirr ein ganz schönes Porzellan mit Goldrand. Dann lagen da zwei Perserteppiche, schon ziemlich durchgetreten. Und ungefähr sechzig Aktenordner mit Schriftkram. Versicherungen, Stammbuch, Kontoauszüge, Schulzeugnisse, Garantiescheine.

Ich guck immer nach allem, was komisch ist. Bei Frau Großknecht war das Ehebett nur auf einer Seite bezogen. Auf der anderen Hälfte lag nicht mal eine Matratze. Und im Flur hatte sie ein Kinderfoto aus den siebziger Jahren. Daneben hing eine kleine Blumenvase, wie man sie früher im VW Käfer hatte. Da steckte ein Rosensträußchen drin. In der Vase war noch ein Rest Wasser.

Über dem Sekretär hatte die Frau Großknecht Dutzende von Ansichtskarten hängen. Alle waren an ihren Sohn Ingo in Wuppertal adressiert. Die Karten waren aus Tirol, Kärnten, St. Peter Ording, Kellenhusen oder von der Zugspitze. Den Sohn gibt's nicht mehr, sonst wäre der ja der Erbe gewesen. Jetzt geht die Hinterlassenschaft an den Staat. So läuft das eben.

Ich interessiere mich ja für alten Kram. Ich habe in Bochum drei Semester Geschichte studiert. Leider nicht zu Ende. Ich bin einer, der nichts wegwirft. Das ist natürlich verrückt, wenn man Entrümpler ist. Jedenfalls habe ich die Postkarten für meine Sammlung mitgenommen. Wer weiß, vielleicht mache ich mal eine Ausstellung mit dem ganzen Zeug. Ich lese mal vor, was die Frau Großknecht da geschrieben hat:

»Lieber Ingo! Papi und Mami sind mal wieder mit dem Reisebus unterwegs. Diesmal im sonnigen Spessart. Papi lässt dich grüßen, er hat eine Blase an den Füßen. Morgen geht's nach Hause. Leider, leider! Schön war die Fahrt, doch einmal geht alles vorbei. Deine Mami.«

KLAUS-JÜRGEN »BONNI« BONGARDT, WIRT, HAGEN: Was soll ich über den Tschiedel sagen? Ich mache den Laden jeden Tag um 12 Uhr auf. War ich mal zwei Minuten zu spät dran, hat der Jürgen schon rumgemault. Und als ich mal krank war, da ruft der mich zu Hause an und sagt, was mir eigentlich einfällt, den Laden nicht aufzusperren. Das hat der ernst gemeint.

Hier vorne hat er immer gesessen, hier auf dem Außenplatz am Tresen. Von da hatte er alles im Blick. Die Tür, den Fernseher, die Daddelkiste. Wehe, da setzte sich mal einer auf seinen Platz, wenn er aufm Klo war. Dann konnte der richtig ungemütlich werden! Sonst war der Jürgen aber ganz friedlich.

Ständig klamm war er natürlich. Wie alle anderen Jungs hier. Von denen hat ja keiner einen Job. Ich hab hier welche, die sind über vierzig und wohnen noch bei der Mutti. Wenn die 'ne Frau kennenlernen wollen, dann gehen die nicht zum Tanzen, die gehen zu LIDL oder ALDI.

Ich habe fast nur Stammgäste. Was ganz praktisch ist. Man muss keinen fragen, ob er noch ein Bier will. Das weiß man ja. Das Pils gibt's bei mir nur aus der Flasche. Deshalb ist das Bier auch so billig hier. Weil ich ja keine Spülanlage brauche. Ein Fünf-Sterne-Restaurant ist das Pilsstübchen nicht gerade, das ist ja klar. Aber meine Frikadellen sind erste Liga. Einen Schuss Löwensenf drauf, und Sie können nicht genug kriegen von den Dingern.

Die meisten von den Jungs hier sind den ganzen Tag am Fluchen. Was alles scheiße ist. Der Staat, das Fernsehen und der Trainer vom BvB auch. Der Jürgen war eher ein Stiller. Dass ich kaum was wusste von dem, das ist mir erst aufgefallen, als die Bullen mich wegen ihm ausgequetscht haben.

Als sie den Jürgen geholt haben, war gerade erster Bundesliga-Spieltag. Wenn hier Fußball lief, hat der Jürgen immer nur so vor sich hin gestarrt, der machte sich nichts aus Sport. Jedenfalls lief gerade Zweite Liga, da kamen zwei schräge Elsen rein. Schön waren die nicht. Die hatten kurze Röckchen an, hohe Hacker an den Füßen und dicke Titten. Schon ordentlich einen sitzen hatten die zwei. Und haben erst mal Mariacron bestellt. Meine Jungs hier waren natürlich sofort auf Sendung.

Der Jürgen hat richtig Gas gegeben. Der hörte gar nicht mehr auf mit dem Erzählen. Das war schon komisch. Da sitzt der jahrelang hier am Tresen und glotzt nur in sein Bier. Und bei den beiden dreht er plötzlich auf. Es dauerte nicht lange, und der Jürgen hockte mit denen auf der Bank. Hat den großen Kavalier gegeben. Alle paar Minuten hat er Mariacron bestellt. Die Weiber hörten gar nicht mehr auf zu kreischen. Und dann steckt Jürgen einer von denen die Zunge in den Rachen. Meine Güte, habe ich gedacht, bei denen hat aber der Blitz eingeschlagen!

Der Jürgen hatte da schon 32 Euro auf dem Deckel. Und da hab ich gesagt, nee, Jürgen, das geht jetzt nicht mehr, die Kohle krieg ich doch nie wieder von dir! Da hat er gesagt, dann geh ich mal eben zum Geldautomaten, Bonni. Die anderen Jungs haben sich bucklig gelacht. Die wussten doch, dass einer wie der bei der Sparkasse nie im Leben eine Scheckkarte kriegt.

Ungefähr eine Viertelstunde war er weg. Dann kam er

zurück und hat mir den Fünfziger auf den Tresen geknallt. Jetzt staunst du, Bonni, oder?, hat er gesagt. Gelacht hat er auch noch. Also ging's weiter mit dem Mariacron und den Weibern.

Die Bullen kamen zwei, drei Stunden später. Die sind von vorne und von hinten gleichzeitig gekommen. Die haben wahrscheinlich gedacht, einer, der so was tut, der ist gefährlich. Die haben mir auf der Toilette ein Fenster rausgehebelt. Bin mal gespannt, wer mir das ersetzt! Jedenfalls haben sich die Bullen auf den Jürgen gestürzt, haben ihm den Kopf auf den Tisch geknallt, haben ihm die Arme nach hinten verdreht und ihm die Hose runtergezogen.

Was der Jürgen gemacht hat, als er angeblich am Geldautomaten war, das haben wir alle erst später erfahren. Dass der eine alte Frau tottrampelt, weil er bei den Schlampen den dicken Larry machen will, also, das hätte ich dem nicht zugetraut.

Und der Manny, der auch jeden Tag hier rumhängt, der hat später gesagt, Mensch, Bonni, wenn du dem Jürgen doch bloß noch einen Deckel gemacht hättest, dann wäre die arme Frau jetzt noch am Leben. Wahrscheinlich hat er Recht.

DIRK KAHMANN, 51, ENTRÜMPLER, GEVELSBERG: Wohnungen wie die von dem Tschiedel sehe ich nicht so oft, kommt aber vor. Wo so gut wie nichts drinsteht. Ich sage immer, wenn mal ein Einbrecher in so eine Wohnung kommt, dann lässt der aus Mitleid einen Hunderter da.

Die Wohnung war komplett rosa. Teppichboden, Wände, Türen. Der Vermieter hat gesagt, vor dem Tschiedel hat da eine Frau gewohnt, die alles rosa gestrichen hat. Die hatte wohl auch eine Katze. Und von der waren dann sechs Jahre später noch Pissflecken auf dem Teppich.

Das Bett von dem Tschiedel war bloß eine Matratze. Und die Klamotten von dem lagen überall verstreut auf dem Boden herum. Die einzigen Möbelstücke waren ein Stuhl und ein Tisch. Da stand ein nagelneuer Computer drauf. Der Kühlschrank war auch rosa. Da war eine Tupperdose mit Wurst und Brot drin. Obendrauf ein Kocher mit zwei Platten. Das ganze Ding hatte eine dicke braune Kruste aus vertrocknetem Fett.

Dann hatte er noch einen DVD-Player und einen Fernseher. Beides neu. Einen riesigen Stapel DVDs hatte er auch. Fast nur Pornos. Ganz hartes Zeug. Und jede Menge Pornohefte. Die habe ich nicht mal mit Gummihandschuhen angepackt, die habe ich gleich mit der Schippe in die Plastiksäcke geschaufelt.

Ungewöhnlich war, dass in der ganzen Bude nicht ein einziger Spiegel war. Nicht mal im Badezimmer. Vielleicht konnte der ja seine eigene Fresse nicht ertragen, wer weiß?

Das muss ein seelenloses Schwein sein, habe ich gedacht. Tritt eine liebe alte Frau tot, die noch die Schulzeugnisse von 1932 aufbewahrt und für ihren toten Jungen Blümchen aufstellt.

Ich habe den ganzen Dreck in Plastiksäcke gepackt und bin zur Müllverbrennung gefahren. Natürlich hätte ich den Computer, den Fernseher und den DVD-Player noch verscherbeln können. Und die Pornofilme auch. Aber das wollte ich nicht. Ich habe alles in den Schredder geworfen und zugesehen, wie die Stahlplatte das ganze Zeug zerquetscht hat. Danach ging es mir besser.

ROLAND HERMES, 46, POLIZEIHAUPTKOMMISSAR, HAGEN: Am Morgen nach der Verhaftung sind wir mit dem Tschiedel zum Haftrichter gefahren. Weil Sonntag war, mussten wir nach Dortmund. Tschiedel hat ja ein Geständnis abgelegt, deshalb waren wir nach zehn Minuten wieder draußen.

Auf dem Flur sagt der Tschiedel dann, dass er mal pinkeln müsse. Der Wachtmeister geht mit ihm rein in die Toilette. Bei mir klingelt das Handy, aber dann höre ich plötzlich ein Rumoren und Brüllen. Ich reiße die Tür von der Toilette auf, und da liegt der Wachtmeister mit einer dicken Platzwunde am Kopf.

Das Fenster steht offen, und der Tschiedel liegt fünf Stockwerke tiefer auf der Einfahrt zur Tiefgarage. Natürlich hat der Wachtmeister gepennt. Das hätte einfach nicht passieren dürfen. Aber mir war es irgendwie lieber so, obwohl das die arme Frau Großknecht auch nicht wieder lebendig macht. Wie gesagt, alles in allem eine banale und sinnlose Geschichte.

BARCELONA
(Margit & Christian)

RAMBLA DEL RAVAL, 16.27 UHR. Es gibt Menschen, die betrachten Unvorhergesehenes als Herausforderung. So einer ist Christian Cuveland nicht. Ihn macht es eher wütend, wenn etwas nicht ist, wie es sein sollte. Der Vorhang zum Beispiel. Er hat ihn vor das Fenster ziehen wollen. Wozu soll ein Vorhang sonst gut sein? Aber der Vorhang bewegte sich nicht. Er riss bloß ein, als Cuveland an ihm zerrte. Bis Margit den Touchscreen fand, der das Licht, den Fernseher, das Bettgestell steuert. Und eben auch den Vorhang.

Cuveland ist nackt und friert. Er sucht den Hebel für das Wasser. Man kann ihm die ganze Urlaubsfreude verderben mit solchen Sachen. Die Dusche ist ein Oval aus goldgrün getöntem Plexiglas, in das Dutzende winziger Leuchten eingelassen sind. Überall Wasserdüsen. Unter der Decke, an den Seiten, im Boden. Aus denen nur kein Wasser kommt.

»Es ist fantastisch!«, hat Margit gerufen, als sie die Hotellobby betraten. Nur weil dort klobige violette Lampenschirme schweben wie Weltraumschrott. Der Portier, der Kofferträger und der Liftboy tragen Turban und Sherwanis in Rostrot mit Goldstickereien.

Eine funktionierende Dusche wäre Cuveland lieber. Jetzt entdeckt er im Türgriff einen Regler. Schiebt ihn nach unten. Ansatzlos schießt aus einer der Bodendüsen kochend heißes Wasser. Der Strahl trifft ihn an der Hüfte und am Gesäß. Er stößt den Hebel in die andere Richtung. Aus den Deckendüsen ergießt sich ein eiskalter Schwall. Cuveland schreit vor Wut.

CARRER DE LA UNIÓ, 16.44 UHR.

»Wo warst du?«

»Am Yachthafen.«

»Willst du mich verarschen? Was wolltest du da?«

»Mir einen Milliardär suchen.«

»Schlampe.«

»Idiot!«

»Du warst bei Bosco, gib's zu.«

»Wenn du es weißt, warum fragst du dann?«

»Hast du?«

»Was?«

»Mit ihm gefickt?«

»Wie oft soll ich dir noch sagen, dass er schwul ist?«

»Vielleicht fickt er dich von hinten und stellt sich vor, du wärst ein Kerl.«

»Bosco ist doch nicht so pervers wie du.«

»Komm her, Schlampe!«

»Nimm die Finger weg!«

»Du sollst sofort herkommen!«

»Nimm die Pfoten da weg!«

»Du bist doch heiß.«

»Lass bloß deine Hose zu.«

»Und wie soll ich dich dann ficken?«

Jetzt muss sie lachen. Seit fünf Monaten geht das schon so mit ihnen. Und es hört gar nicht auf. Es ist wunderbar. Auch dass er so eifersüchtig ist. Selbst auf einen Schwulen wie Bosco. In Saarbrücken hatte sie einen Typen, dem wäre es egal gewesen, wenn sie mit der ganzen Stadt geschlafen hätte. Dafür hat er keinen an seinen Computer rangelassen.

Na ja, ein dummer Junge. Nicht so ein Mann wie Alejandro, der säuft und raucht und kifft und immer scharf ist. Immer.

Simone steht am Fenster und spürt Alejandros Atem. Seine Wohnung ist im Grunde eine Abstellkammer mit Bett. Dazu ein Elektrokocher und ein Fernseher. Sonst gibt es da nichts. Die Toilette ist auf dem Gang und immer verdreckt. Deshalb geht sie zum Duschen zu Bosco.

Seit sie Alejandro kennt, hat sie noch nicht eine Sekunde an einen anderen gedacht. Als er sie nimmt, stützt sie sich auf die Fensterbank und sieht hinaus. Die Straße liegt im Schatten. Mopeds, Taxen, Lieferwagen. Sogar Busse quetschen sich durch, die Touristen gehen schneller, weil ihnen die dunkle Straße unheimlich ist. Die beiden blonden Transen wackeln mit einem dicken Kerl ins Hotel Real. Sie lachen heiter. Sie holen sich die Touristen von der Rambla.

»Du dreckige deutsche Schlampe«, keucht Alejandro, »gib doch zu, dass du mit Bosco gefickt hast!«

»Ja, ja, ja«, stöhnt Simone. Alejandro weiß ja, wie sie das meint.

RAMBLA DEL RAVAL, 16.46 UHR. Margit liegt auf dem Bett und schläft. Überall und zu jeder Zeit kann sie schlafen. Weil ihr gleichgültig ist, wie eine Dusche funktioniert oder ein Vorhang. Cuveland reibt sich das Handtuch über den Rücken, betrachtet sich im Spiegel. Für einundfünfzig ist er gut in Form. Schlank, athletisch, volles Haar, wenn auch grau. Sie achten darauf, nicht feist zu werden, essen Fisch, gedünstetes Gemüse, feines Obst. Sie fahren Mountainbike, segeln, spielen Tennis und Golf.

Die schwarze Wäsche hat Cuveland bei einer Manufaktur in Antwerpen bestellt. Ein Geschenk zu Margits 44. Geburtstag. Nun ist sie ihr halbes Leben mit ihm zusammen.

Zweiundzwanzig Jahre. Er schaltet die Espressomaschine ein. Leise strömt der Kaffee in die Tasse. Behutsam faltet Cuveland die Zeitung auf. Er will Margit nicht wecken. Um Moskau brennt der Torf. In Kabul liegt ein erschossener GI im Staub.

Cuveland legt die Zeitung zur Seite, steht auf, greift nach der Hose. Mit den Zehen stößt er gegen Margits Trolley. Verflucht noch mal! Es käme ihm nicht in den Sinn, da seinen Koffer abzustellen. Margit wacht auf, reibt sich die Augen wie ein dummes Kind. Sie denkt, es sei witzig. Längst kann Cuveland in Margits Gedanken lesen.

Er geht auf die Knie, zieht das Laken von ihrem Körper, kriecht zwischen ihre Beine. Als er sie anfasst, legt sie den Kopf nach hinten. Margits Hals ist faltig geworden, denkt er.

CARRER DE LA UNIÓ, 17.03 UHR. Alejandro schläft danach immer sofort ein. Für ein paar Minuten nur. Vielleicht, denkt sie, kann er deshalb so oft. In einer Stunde müssen sie im El Sol sein. Als sie im Mai in die Stadt kam, gleich am ersten Tag, haben sie sich getroffen. Sie wollte zum Strand, da saß ein Ire und sang Lieder von Coldplay und Radiohead. Die Yachten schaukelten auf dem Wasser, Liebespaare flanierten die Promenade entlang. Alejandro hat sie auf Englisch angesprochen. Er kann ja nur ein paar Brocken. Sie hat auf Spanisch geantwortet. Deshalb ist sie ja eigentlich da, dass sie endlich mal Spanisch spricht.

Alejandro fing dann gleich von seiner angeblichen Wohnung an. Ob sie einen Platz zum Schlafen bräuchte?

Alejandro hat schwarze Haare, braune Augen und immer dieses störrische Lächeln auf den Lippen. Er kommt aus Montbui, einem Kaff nördlich von Barcelona. Im Sommer waren sie mit dem Motorrad dort. Alejandros Eltern haben da einen Tabakladen. Einmal hat Alejandro sie auf dem Küchentisch genommen, als plötzlich seine Mutter reinkam. Es war das erste Mal, dass ihm was peinlich war.

Ob sie ihn liebt? Carola hat das gefragt in ihrer letzten Mail. Sie kennt Alejandro ja nur von den Fotos. Also, liebst du ihn? Carola kann hartnäckig sein. Ja doch, ich liebe ihn, hat sie geantwortet.

RAMBLA DEL RAVAL, 17.16 UHR. Es ist die falsche Reihenfolge, denkt Cuveland. Er hätte zuerst mit Margit schlafen und dann duschen sollen. Er erhebt sich, während sie seinen Bademantel benutzt, um es von ihrem Bauch zu wischen. Margit greift immer nach dem Nächstliegenden. Nie würde sie aufstehen und aus dem Bad ein Kleenex holen.

Cuveland schwitzt. Es strengt ihn an, mit Margit zu schlafen. Sie legt sich hin und wartet, dass er was macht. Sie ist nicht prüde, das nicht. Sie ergreift nur nicht die Initiative. Als er sie kennenlernte, hat ihm ihre Passivität gefallen. Da fühlte er sich als ihr Lehrer. Lange her. Jetzt langweilt es ihn. Letztes Jahr hat er ihr gesagt, es gefiele ihm, wenn sie Stöckelschuhe trüge im Bett. Vielleicht auch ein Kleid. Und sie? Sie hat gefragt, ob er im Alter pervers werde. Pervers!

Margit hat sich auf die Seite gerollt. Sie hat schon wieder die Augen geschlossen. Er fragt sich, ob sie gekommen ist. Wahrscheinlich nicht. Es ist ein Ritual, dass sie miteinander schlafen, immer nach der Ankunft in den Hotels. Sie reisen oft. Zwei, drei Tage. Rom, London, Paris, Malaga, Stockholm, Bordeaux.

»Sollen wir los?«, fragt Cuveland. »Ich bin hungrig.«

»Immer denkst du nur ans Essen«, murmelt Margit.

»Nein«, sagt er, »zuerst denke ich an dich und dann ans Essen.«

»Liebst du mich noch?«

»Sehr sogar.«

»Ich dich auch.«

RAMBLA DE SANTA MONICA, 17.45 UHR. Sie hockt auf dem Rücksitz der Honda, schmiegt sich an ihn. Sie mag es, den Kopf gegen seinen Nacken zu lehnen. Sein Haar duftet nach Zitronenshampoo. Wenn sie nachts zurückfahren, dann riecht es nach Bratfett. Alejandro fährt schnell. Alles macht er schnell. Schnell und wild. Auch wütend wird er schnell. Er trägt Handschuhe mit Stahlnieten. Damit schlägt er den Autofahrern aufs Dach, wenn ihnen einer zu nahe kommt. Sie sind schon verfolgt worden deswegen. Aber nie hat sie ein Auto eingeholt. Alejandro fährt sogar Treppen herunter mit dem Motorrad. Es ist ein Spiel. Es ist wie ein James-Bond-Film.

Alejandro zwängt die Honda vor einen Reisebus, der sofort bremsen muss. Simone erschrickt, als die Hupe hinter ihr ertönt. Alejandro hebt den linken Arm, reckt den Mittelfinger. Noch einmal dröhnt die Hupe. Dann sind sie schon um die Estatua de Colon herum, jagen nach Osten auf der Passeig de Colom. Seltsam, dass sie bei Alejandro nie Angst hat, denkt sie.

»Wie lange willst du eigentlich noch bleiben in Barcelona?«, hat Carola heute gemailt.

»Bis ich ihn nicht mehr liebe«, hat sie zurückgeschrieben. »Also für immer!«

CATEDRAL SANTA EULALIA, 17.55 UHR. Sie sind durch die schmalen, kühlen Gassen des Barri Gòtic geschlendert. An einem Imbiss hat Cuveland ein paar schnelle Tapas gegen den ärgsten Hunger gegessen. Jetzt sind sie vor der Kathedrale, an der ein hässliches Baugerüst klebt. Es ist Ende September und angenehme 24 Grad. Auf den Parkbänken hocken alte Frauen. Touristen flanieren, Tauben flattern. Gelegentlich tastet Cuveland nach dem Handy, den Schlüsseln, der Geldbörse. Er ist keiner, der sich bestehlen lässt.

Auf dem Passeig de Gràcia zieht Margit ihn in ein Schuhgeschäft. Margit kauft in jeder Stadt ein Paar Schuhe. Sie probiert flache Lackschuhe mit goldfarbener Spange. Sie erwartet, dass ihm die Schuhe gefallen.

»Die sehen toll aus«, sagt er.

»Dann nehme ich sie«, sagt Margit.

Die Schuhe kosten dreihundert Euro. Aber warum nicht? Sie leiden ja keinen Mangel. Cuveland ist Vorsitzender Richter am Landessozialgericht, Margit Sozius einer Kanzlei für Wirtschaftsrecht. Die Schuhe zahlen sie bei einer jungen Frau mit scharf gezogenem Scheitel. An der alles stimmt, denkt Cuveland. Die Kleidung, die Figur, das Haar, das Make-up. Zwischen den Knöpfen der Bluse erspäht er die Spitzen ihres BH und die glatte, gebräunte Haut ihrer Brust.

Auf dem Passeig de Gràcia gehen sie hinter zwei großen blonden Frauen. Cuveland mag es, wie sie die Hüften schwingen. Er hört auf den Rhythmus ihrer Absätze. Ein wohliger Schauer fährt ihm über den Rücken bei dem Gedanken, dass die beiden ihre Schuhe sicher auch im Bett tragen. Bei einem Pistazienverkäufer bleiben die Frauen stehen. Cuveland sieht ihre Gesichter. Es sind Transvestiten. Es macht ihn so wütend, dass er die Luft anhält und stehen bleibt. Weil er nicht gerne belogen wird. Weil er will, dass es ehrlich und gerecht zugeht. Weshalb ist er sonst Jurist geworden?

»Was ist?«, fragt Margit.

»Nichts«, sagt Cuveland und geht weiter.

63 PASSEIG JOAN DE BORBO, 19.15 UHR. Pedro, der mal Zauberer war und die Touristen ins El Sol locken soll, fiept wie ein Kanarienvogel, lässt aus dem Hut einen Stoffhasen springen, bringt den Trick mit dem Finger, den er sich scheinbar ausreißt. Aber es hilft nichts. Kaum jemand kommt heute ins El Sol. Wo man doch von der Terrasse den wundervollen Blick auf den Yachthafen hat. Maria, die Chefin, weiß auch nicht, warum es heute nicht läuft. Sie legt im Computer Patiencen.

Wenn Betrieb ist im El Sol, nimmt Simone die Gerichte aus der Durchreiche und trägt sie an die Tische. Heute hat sie Zeit, die Essen aus der Küche zu holen. Und Alejandro noch schnell einen Kuss zu geben. Sie lädt sich zwei Pizzateller auf den linken Unterarm, nimmt den dritten mit der freien rechten Hand. Als sie plötzlich Alejandros Hände unter dem Rock spürt. Er zieht ihr den Slip runter. Dieser Verrückte! Sie kann doch nichts machen, mit den Pizzatellern auf den Armen, also geht sie ohne Slip weiter.

Als sie den Gästen die Pizzen gebracht hat, läuft sie sofort in die Küche zurück. Sie muss lachen. Alejandro steht am Herd. Ihren Slip trägt er auf dem Kopf, hat das Gesicht durch eine Beinöffnung geschoben. Sie geht zu ihm, wieder will er ihr unter den Rock fassen. Aber damit hat sie gerechnet. Rasch schiebt sie sich an ihm vorbei, langt nach dem Slip, will ihn Alejandro vom Kopf ziehen. Aber jetzt ist er es, der aufgepasst hat. Er flüchtet zum Eisschrank. Als sie ihm nachsetzt, ist er längst schon bei der Spülmaschine. Neben ihr der Messerblock. Sie lacht, und Alejandro lacht auch, während sie langsam, mit erhobenem Messer, auf ihn zugeht.

63 PASSEIG JOAN DE BORBO, 19.15 UHR. Sie reden nicht viel miteinander. Das Meiste können sie sich auch ohne Worte sagen. Er weist mit dem Kopf auf den Yachthafen.

»Mmh«, sagt sie, »schön.«

Cuveland trägt die Tüte mit den Schuhen. In Mailand hat Margit die Schuhe, die sie gerade erst gekauft hatten, in einem Taxi liegen lassen. Das wird ihnen dieses Mal nicht passieren.

Cuveland ist müde. Von der Reise und dem Bummel durch die Stadt. Er freut sich auf ein gutes Essen. Er hat im Internet nachgesehen. Unterhalb des Yachthafens, fast am Strand, gibt es ein Fischrestaurant mit ausgezeichneten Bewertungen. Um die preiswerten Touristenrestaurants machen Margit und er einen Bogen.

Da sind zwei junge Mädchen in T-Shirt, Bikinihose und sandigen Schlappen. Cuveland speichert ihren Anblick. Sein Kopf ist voller Bilder von jungen Mädchen, die mit aufgewehten Röcken auf den Mopeds hocken, in leichten Sommerkleidchen an den Boutiquen entlanggehen, in den Armen ihrer Liebhaber den Straßenmusikern lauschen.

Er hat sich sogar dabei ertappt, dass er träumte, erst fünfundzwanzig zu sein und mit einem schicken Mädchen in einer der billigen Absteigen im Barri Gòtic zu hausen, wo sie die Nächte verlieben und das Zimmer nur verlassen, wenn sie hungrig werden. Und sich nichts aus den Sehenswürdigkeiten Barcelonas machen.

»Sieh mal«, sagt er, »das ist das Museo d'Història de Catalunya.«

»Was zu essen wäre mir lieber«, sagt Margit.

63 PASSEIG JOAN DE BORBO, 19.17 UHR. Er bewegt sich jetzt wie ein Stierkämpfer. Das Geschirrtuch ist seine Muleta. Ganz nah lässt er Simone rankommen, grinst, noch immer den Slip auf dem Kopf. Dann holt sie mit dem Hackmesser aus, lässt es heruntersausen, trifft aber nur den Tisch,

während Alejandro längst zur Seite gesprungen ist und hämisch lacht. Sie will das Hackmesser aus der Tischplatte ziehen, aber sosehr sie auch an dem Griff zerrt, sie bekommt es nicht frei.

Dann ist Alejandro plötzlich hinter ihr. Sie spürt etwas Kühles am Hals, etwas Kantiges. Sie riecht Knoblauch und Zitronenshampoo.

»So, kleine Schlampe«, hechelt er, »jetzt stech ich dich ab!«

»Lass mich los, du Idiot!«, sagt sie.

»Da hin, los mach schon, sonst …«

Er drückt die Klinge fester gegen ihren Hals. Den linken Arm hat er wie einen Schraubstock um sie gelegt, während er das Messer mit der anderen Hand auf ihren Hals presst. Er schiebt sie zur Tür hin. Sie spürt, dass es ihn aufregt.

»Los mach auf«, flüstert er heiser.

»Nein, ich schreie«, sagt sie.

»Wenn du schreist, bist du tot.«

Es muss der Messerrücken sein, den er gegen ihren Hals drückt. Sonst würde es doch längst schon bluten. Er lässt ihrem Arm so viel Spiel, dass sie den Türgriff drehen kann. Mit dem Fuß schiebt er die Tür auf. Sie sind jetzt am Seiteneingang zur Küche. Da steht auch Alejandros Motorrad.

Es stinkt nach Küchenabfällen. Simone hat bei dem Müllcontainer schon Ratten gesehen. Die Einfahrt ist schmal, feucht und schattig. In der Garage auf dem Innenhof parkt die Chefin ihren Seat. Simone blickt durch den Torbogen zur Straße. Autos und Mopeds schießen vorbei.

Sie hört, wie Alejandro den Reißverschluss herunterzieht. Er hat die Umklammerung gelockert, hält sie nur noch mit dem Messer. Dieser verdammte Kerl. Sie liebt ihn wirklich. Wie noch keinen davor. Sie zappelt ein bisschen in seinen

Armen, dass er denkt, sie wolle sich losreißen. Aber da ist auch schon seine Hand unter ihrem Rock. Er kann so sanft sein.

63 PASSEIG JOAN DE BORBO, 19.21 UHR. Der Zauberer bewegt sich auf dem Gehsteig vor dem Restaurant wie auf einer Bühne, denkt Cuveland, so gespreizt, wie er geht, so tief, wie er sich verbeugt. Dann plötzlich zieht er aus seinem Frack eine Speisekarte. »Die beste Pizza, die beste Paella!«, ruft er. Cuveland fragt sich, woran der Zauberer erkennt, dass sie Deutsche sind. »Sehr, sehr preiswert«, sagt der Zauberer.

Cuveland schüttelt den Kopf. Auf der Terrasse sind nur wenige Tische besetzt. Ein Kellner faltet Servietten. Er lächelt, weist auf einen freien Tisch. Wieder schüttelt Cuveland den Kopf. An die Terrasse des Lokals schließt sich eine Hofeinfahrt an. Mit seinem Audi käme er da nicht durch, denkt Cuveland. Er blickt in den Hof hinein. Margit zieht an Cuvelands Hand, als er stehen bleibt.

»Was ist?«, fragt sie.

Cuveland starrt auf die Frau. Sie steht im Hinterhof und bewegt sich seltsam. Als käme sie nicht von der Stelle. Dann erkennt Cuveland einen zweiten Kopf hinter der Frau. Der Mann trägt etwas Schwarzes auf dem Kopf. Vielleicht eine Haube oder eine Mütze, die nur das Gesicht frei lässt. Der Kerl hält ihr das Messer an den Hals. Das sieht jetzt auch Margit.

»Es geht dich nichts an, Christian«, sagt sie und will ihn festhalten. »Halt dich da raus!«

Aber da ist Cuveland schon in der Toreinfahrt. Und ob es ihn etwas angeht, denkt er. Es sind nur zwölf, dreizehn Schritte. Jetzt sieht ihn auch die Frau. Sie ist noch jung, Anfang zwanzig vielleicht. Sie erschrickt, reißt den Mund auf, während das Messer gegen ihren Hals drückt. Sie ist blond, ein hübsches Mädchen.

Er soll sie loslassen, brüllt Cuveland auf Englisch. Da erst hebt auch der Kerl den Kopf.

»No«, ruft die junge Frau, »no!«

Der Kerl lässt sie los. Er lacht. Ein breites, unverschämtes Lachen ist das, denkt Cuveland. Es ist das Lachen der Messerstecher, der Vergewaltiger, der Gesetzlosen. Er hat genug von solchen Gesichtern gesehen, damals am Landgericht, in der Referendarszeit.

Der Spanier hat jetzt die Knie angewinkelt, hält die Arme ausgestreckt, zielt mit dem Messer in der Rechten auf Cuveland.

»Christian!«, hört er Margit rufen. In der Hofeinfahrt bekommt ihre Stimme einen dumpfen Hall.

Der Kerl mit dem Messer macht einen schnellen Schritt vor, einen schnellen Schritt zurück. Als sei das ein Spiel. Es scheint ihn nicht zu stören, dass ihm die Hose offen steht, denkt Cuveland, sogar der Schwanz hängt noch raus. Als der Bursche plötzlich auf ihn zugeht, mit dem Messer nach ihm stößt. Immer noch lachend.

Der Kerl hat fest damit gerechnet, dass Cuveland dem Messer ausweicht. Aber so ist es nicht. Cuveland greift dem Burschen in den Arm.

Sie haben es so oft geübt, damals, vor Ewigkeiten, als sie ihn bei der Bundeswehr zum Einzelkämpfer ausgebildet haben. Immer wieder haben sie genau das geübt. Angriff eines Gegners mit dem Messer.

Alles geschieht automatisch, blitzschnell, eine Regieanweisung aus Cuvelands Unterbewusstsein. Er packt den Arm des Anderen, dreht ihn von sich weg, dreht ihn um, der Kerl ächzt, die Messerspitze zeigt jetzt auf ihn, dringt in sein T-Shirt ein, tief dringt sie ein, die ganze Klinge. Ein sehr scharfes Messer muss das sein, denkt Cuveland noch.

Die Frau schreit, Margit auch. Der Kerl wankt, dann werden ihm die Beine weich, er fällt, schlägt mit dem Kopf gegen den Müllcontainer. Endlich verstummt das unverschämte Lachen, denkt Cuveland. Der Mann fällt und rutscht langsam an der Seite eines Müllcontainers hinunter.

Alejandro blickt auf das Messer in seinem Bauch. Dann stirbt er, mit einem Damenslip auf dem Kopf, mit offener Hose und einem ungläubigen Staunen auf dem Gesicht.

* * *

Christian Cuveland (51) wird wegen Totschlags angeklagt. Mehrere Wochen verbringt er in Untersuchungshaft im Gefängnis La Modelo. Vor Gericht plädieren Cuvelands Anwälte auf Freispruch. Für ihren Mandanten habe sich die Situation im Hinterhof des Restaurants El Sol als Vergewaltigung dargestellt. Für sein couragiertes Eingreifen gebühre ihm Respekt. Auf den Angriff des Alejandro Concalves (27) habe Cuveland in Notwehr reagiert. Das Gericht folgt der Argumentation der Anwälte und spricht Cuveland frei.

Simone Dettmar (24) kehrt nach der Beisetzung Alejandro Concalves' in dessen Heimatort Montbui zurück nach Saarbrücken. Dort nimmt sie ein Studium der Germanistik auf. Einige Monate später verlobt sie sich mit einem Studenten der Agrarwissenschaften.

AM SEE
(Martina & Robert)

ROBERT. Wie eine Halskrause hat sich der Nebel um den Berg gelegt, denkt Robert. Unterhalb des Nebelrings sattgrün die Wiesen mit den Obstbäumen. Apfel, Birne, Kirsche. Darüber kommt dann ein breiter Saum aus Fichten und Tannen. Hin und wieder ein Hof, der sich an den Hang zu kauern scheint, die Mauern weiß gekalkt. Oberhalb des Nebelkragens ragt der nackte Fels aus dem Dunst in den regengrauen Himmel. Bis auf 2800 Meter geht es da hoch. Robert nennt das den Sommerherbst, weil ja eigentlich Sommer ist, Ende Juli, es aber schon regnet und nebelt wie im November.

Robert Vattenfeld ist gerade erst vorgefahren. Seit vier Jahren kommt er hierher. Im Sommer, im Herbst, im Winter, im Frühjahr. Wann immer es geht. Als er ankommt, parkt er den Ford Fiesta an der Talstation des Skilifts, zieht die Alpenluft tief in die Lungen. Die Schneekanonen warten unter Plastikplanen auf den Winter.

Der Wind steht günstig, also hört Robert trotz der Bundesstraße das Läuten der Kuhglocken. Zwei endlose Kolonnen aus Norden und Süden schieben da lang. Tiefe Rillen hat die Straße davon. Bevor es Pfützen gibt, spritzt das Wasser von den Wagenreifen auf die Böschung.

Auch wenn da die laute Straße ist, geht Robert noch jedes Mal das Herz über, wenn er auf das Tal und die Berge blickt. Er wäre gern für immer hier, aber noch hat er fünf Semester in Heidelberg vor sich. Robert hat sich schon umgesehen, nach Architekturbüros hier in der Gegend, nach Bauämtern. Aber keine Angebote bisher.

Seinen Eltern hat er natürlich kein Wort davon gesagt. Sein Vater war sowieso nicht einverstanden gewesen, als er sagte, er würde Architektur studieren. Chemiker sollte er werden. Wie sein Vater und sein Großvater.

»Die Vattenfelds sind eine Chemikerfamilie«, hat er gesagt.

Nein, gesagt hat er es nicht. Er hat es gebrüllt. Immer brüllt er, wenn es nicht nach seinem Kopf geht. Aber Robert hat seinen eigenen Kopf.

Als er die Lungen mit Bergluft voll hat, fährt er weiter zur Pension Waldfrieden. Frau Gschofer begrüßt ihn wie einen lieben Verwandten. Weil er schon so oft da war, gibt sie ihm Zimmer drei, das mit der Aussicht auf die Berge, zum selben Preis wie eins der Zimmer, die nach hinten raus gehen.

Das Handy hat hier keinen Empfang, und auf den Zimmern gibt es kein Telefon. Also ruft Robert seine Mutter aus dem Frühstücksraum an. Wie immer ist sie in Sorge, wenn er mit dem Auto unterwegs ist. Er hört, wie Mutter dem Alten zuruft, der Junge sei gut angekommen.

»Dein Vater ist im Garten«, sagt seine Mutter, »er lässt Grüße ausrichten.« Ob das stimmt, ist Robert gleichgültig.

»Ich wäre jetzt auch gern in den Alpen«, sagt sie, »aber ich habe ja nicht so viel Urlaub wie der Herr Student!«

Mutter betreibt eine Steuerberatung und meint es spaßig. Robert ist erleichtert, als das Gespräch beendet ist. Er öffnet das Fenster. Das Rauschen des Gebirgsbaches ist seine Musik. Der Bach ist angeschwollen vom vielen Regen und braun vom Dreck. Das aufgewühlte Wasser reißt jeden losen Klumpen Erde ins Tal.

JÖNS. Dass es nicht normal ist, denkt Jöns Jakob Vattenfeld, als er den Spaten in die Erde stößt, dass sein Sohn zum Wandern in die Berge fährt. Andere Jungs mit dreiundzwanzig fliegen nach Australien, nach Kalifornien, Neuseeland oder Vietnam. Gestern erst haben sich im Kasino die leitenden Angestellten über die Reiseziele ihrer Kinder unterhalten. Sollte er da zugeben, dass Robert nach Österreich verreist? Zu den Rentnern mit den Wanderstöcken und den Tirolerhüten? Nein. Da hat er gesagt, Robert sei nach Island geflogen, an den Geysiren frischen Schwefel riechen.

Heiter gelacht haben die Kollegen darüber. Na ja, Chemiker halt.

Mein Gott, es wäre doch ein Leichtes für ihn, Robert die Fernreisen zu finanzieren. Zweihundertfünfzigtausend verdient er im Jahr. Weil er einer der Besten ist.

Er kann ja noch verstehen, dass Robert zum Skifahren nach Österreich fährt. Aber im Sommer? Im Herbst? Im Frühjahr? Und jedes Mal in dieser lächerlichen Pension. Allein. Weil er ja keine Freunde hat, sein seltsamer Herr Sohn.

Vor zwei Jahren, als er mit Elke in die Toskana fuhr, haben sie Robert besucht. Eine Überraschung sollte das werden. Die Pension sah aus wie ein Altenheim. Robert hat sich richtig erschrocken, als er seine Eltern im Frühstücksraum erblickte, wo er unter lauter Senilen hockte und aus einem Plastikdöschen Marmelade kratzte.

Vattenfeld sticht eine Ecke von dem Rasen ab, wirft den grasigen Klumpen aufs Rosenbeet. Als er Student war, war er mit seinen Freunden ständig unterwegs. Per Anhalter nach Griechenland, nach Frankreich, Italien. In jedem Hafen eine andere Braut, das war ihre Devise gewesen. Und Saufen bis zum Koma, das war Regel Nummer zwei.

Vattenfeld wischt sich den Schweiß von der Stirn, sieht zum Himmel, aus dem es unaufhörlich regnet. Er schwitzt nicht wegen der Arbeit. Er schwitzt, weil er wütend ist. Er macht drei Schritte, unter den Gummistiefeln klumpt die nasse Erde. Dann tritt Vattenfeld den Spaten erneut in den Boden.

Er wird einfach nicht schlau aus seinem Sohn. Eine Zeitlang dachte er mal, ob der Robert schwul sei. Aber Robert ist nicht mal schwul, er ist nichts.

ROBERT. Der See ist traumhaft, denkt Robert, als er über den Hügel kommt und das Wasser in der Sonne glitzern sieht. Schon so oft war er in der Gegend, aber bis zu diesem See ist er noch nie gekommen. Seltsam. Das Wasser ist ganz klar. Man könnte es ohne weiteres trinken, denkt er. Ein Schwarm von Fischen gleitet knapp über dem Grund.

Alle paar Meter stehen Schilder. Was alles verboten ist. Das Baden, Angeln, Rudern, Campieren, Grillen. Die beiden Kühe, die mit Jauchebeinen am Uferrand stehen und Wasser schlecken, dürften das wahrscheinlich auch nicht. Wegen Umweltverschmutzung. Als Robert der Gedanke kommt, schleicht ein Lächeln auf sein Gesicht.

Auf dem Weg um den See begegnen ihm hin und wieder Spaziergänger. Manche haben Kinder dabei, in deren Gesichtern Robert liest, dass sie lieber woanders wären als hier in den Bergen. So hat er wahrscheinlich auch geschaut, denkt er, wenn er mit den Eltern in Amerika, Kanada oder Afrika war.

»Jetzt mach doch mal ein anderes Gesicht, Robert«, hat seine Mutter oft geflüstert. Sie fürchtete ja den Zorn, der immer wieder aus seinem Vater herausbrach.

»Wie kann man nur so undankbar sein«, hat der Alte

gefaucht, wenn er genug hatte von Roberts gelangweiltem Gesicht, »ich zeige dir die Welt und du schaust kaum hin.«

Damals schon wäre er lieber in die Berge gereist. Das war immer sein liebstes Ziel. Wie das kam, weiß Robert auch nicht.

Er gelangt an ein Hochplateau, fantastische Aussicht. Der See liegt jetzt gut dreißig Höhenmeter unterhalb. Im Sonnenlicht sieht er aus wie ein überdimensionaler, ellipsenförmiger Edelstein. Gleich hinter dem Zaun, wo Robert sich anlehnt und ein Foto schießt, entdeckt er einen Hochsitz.

Dort oben nimmt Robert das Fernglas, schwenkt behutsam das Panorama ab, als hielte er eine Filmkamera. An der nördlichen Spitze des Sees entdeckt er einen Gasthof. Die Sonnenschirme da sehen aus der Ferne aus wie Butterblumen.

Eine Stunde später sitzt er unter einem der Schirme, an einem schmalen Tisch nahe der Kinderschaukel. Er nimmt immer den ungünstigsten Tisch. Da setzt sich keiner zu ihm.

MARIA. Maria Tümler ist eine fleißige Frau von vierundfünfzig Jahren. Was bleibt ihr auch anderes als das Arbeiten, seit sich ihr Mann Hannes mit dem Trecker überschlagen hat.

»Fahr bloß nicht auf die steilen Wiesen«, wie oft hat sie das dem Hannes gesagt!

Aber er ließ sich ja nichts sagen. Er hat es gut gemeint, als er trotzdem auf die Wiesen fuhr, weil das Gras da besonders saftig war. Viel abgeworfen hat der Hof ja nie. Geschuftet haben sie, von morgens früh bis abends spät. Dass ihr oft die Tränen runtergelaufen sind, auch wenn sie an dem schönen See leben. Aber schöne Landschaften kann man halt nicht essen.

Ursprünglich kommt Maria aus Klagenfurt. Hannes

Tümler hat sie auf eine Heiratsannonce hin getroffen. Sie hatte gerade die Enttäuschung mit Josef hinter sich und hat dem Tümler geschrieben, es ziehe sie aufs Land. Sie konnte doch nicht ahnen, dass die Arbeit so schwer ist. Und erst recht nicht, dass Hannes eines Tages von seinem eigenen Trecker erschlagen wird.

Als sie ihn beerdigt hat, zehn Jahre ist das jetzt her, da stand sie nach dem Leichenschmaus mit den Kindern vor dem Hof und hat gedacht, dass sie das doch nicht allein schaffen kann. Das Vieh, die Obstbäume, der Stall, der Trecker. Und in dem Moment hat sie zum lieben Gott gebetet, dass er ihr doch bittschön helfen mag.

Dann hatte sie die Idee. Ob die vom lieben Gott kam, weiß Maria nicht. Jedenfalls hat sie beschlossen, aus dem Tümlerhof einen Gasthof zu machen. Jeden Tag klopften doch Wanderer an die Tür und fragten nach einem Glas Wasser oder einer Mahlzeit.

Maria wendet die Schnitzel in der Pfanne, sieht aus dem Küchenfenster. An einem Tag wie heute kommen die Spaziergänger in Scharen. Maria ist froh, dass sie Elisabeth und die Martina hat.

Als sie vor zehn Jahren den Gasthof eröffnete, hat ihre Schwester in Amstetten kurzerhand die Sachen gepackt und ist mit Martina hergezogen. Acht war das Mädchen damals. Seit Marias Buben weggezogen sind, zum Studieren nach Wien, seitdem also ist der Tümlerhof ein Dreimädelhaus.

Sie kommen gut klar zu dritt, muss Maria wieder mal denken. Sie ist in der Küche, die Elisabeth nimmt die Bestellungen auf, die Martina bringt die Essen und die Getränke an die Tische, und das Kassieren macht wieder die Elisabeth. Weil der Martina ja das Rechnen so schwerfällt. Wofür die

Martina ja nichts kann, es ist ja nicht ihre Schuld, dass sie bei der Geburt zu wenig Luft bekommen hat. Jedenfalls ist sie das liebste Mädchen, das sie kennt, denkt Maria.

»Das Wiener für Tisch sieben!«, ruft sie hinter der Durchreiche. Und schon kommt Martina herbeigelaufen, lächelt fröhlich und greift nach dem Tablett mit den dampfenden Schnitzeln.

ROBERT. Das Mädchen, das ihm das Tellergericht bringt, wünscht einen guten Appetit. Sie hat eine merkwürdige Frisur, denkt er. Die Haare sind am Hinterkopf ganz flach gedrückt. Ihre Lippen sind schmal, weite, rehbraune Augen mit langen Wimpern hat sie. Und eine schmale Taille. Sie hat kaum einen Busen. Das Mädchen ist fast noch ein Kind, denkt Robert.

Während er ein Achtel Zitrone in einer Presse quetscht, den Saft auf das Schnitzel tropfen lässt, behält er das Mädchen im Blick. Sie trägt eine Jeans, ein violettfarbenes T-Shirt mit einem gezeichneten Eskimokopf, an den Füßen Sportschuhe, sie muss ja viel laufen hier. Was für ein schönes Lächeln sie hat.

Ihm fällt auch auf, dass dem Mädchen das T-Shirt zu kurz ist. Als sie den Nachbartisch frisch eindeckt, sieht er ihren nackten Bauch. Einen ganz feinen Flaum hat sie auf der gebräunten Haut. Robert stellt sich vor, dass die Haut genau so weitergeht unter der Hose.

Eigentlich ist Robert satt von dem Schnitzel. Aber er will, dass die Bedienung wieder an seinen Tisch kommt. Er bestellt Birnendessert, Tee, Espresso, Vanilleeis und Marillenschnaps. Er sitzt schon länger da an dem Katzentisch als alle anderen Gäste.

Als das Mädchen die Espressotasse abräumt, legt Robert

seine Hand auf ihre. Er erschrickt selber darüber. Aber sie lächelt weiter.

»Wie heißt du?«, hört Robert sich sagen.

»Ich bin die Martina«, sagt sie und betont jede Silbe einzeln.

»Ich heiße Robert.«

»Ach so«, sagt sie, zieht die Hand weg und trägt das benutzte Geschirr ins Haus.

Während Robert zur Toilette läuft, wo er einen halben Meter Papier von der Rolle zieht und sich gleich selbst erleichtern muss. Er denkt an den flachen Bauch, an den feinen Flaum und stellt sich vor, wie er ihr die Hand gleich da am Bauch unter die Jeans schiebt.

MARIA. »Einen neuen Stammgast haben wir«, sagt Elisabeth, »ein Deutscher. Seit Montag kommt der jeden Tag.«

Maria sieht aus dem Küchenfenster. Seltsam, denkt sie, dass ihr das nicht aufgefallen ist, dass einer seit vier Tagen immer wieder kommt und sich an den schlechtesten Platz setzt, obwohl noch bessere Tische frei wären. Sieht ganz ordentlich aus, der Deutsche, nicht so fesch wie ihre Buben, aber auch nicht ordinär.

Erst als die Mittagsgäste weg sind und die Kaffeegäste noch auf sich warten lassen, hat Maria wieder Zeit, aus dem Fenster zu schauen. Martina steht drüben bei dem Deutschen und beugt sich über den Tisch. Erst dann sieht Maria, dass der Deutsche die Hände von der Martina hält.

ROBERT. Um 18 Uhr stellen Martina und ihre Mutter die Stühle auf die Tische. Damit es den Gästen, die da noch vorm Tümlerhof hocken, ungemütlich wird. Gegen halb sieben sitzen die zwei Frauen und das Mädchen dann allein auf der

Holzbank und strecken die müden Beine aus. Feierabend. Jeden Tag geht das so.

Robert hockt auf dem Hochsitz und sieht durch das Fernglas. Er kann an nichts anderes mehr denken als an Martina. Natürlich hat sie einen langsamen Kopf. Aber das macht es nur leichter. Er hat ihr geschmeichelt. Dass sie ein feines Lächeln hat. Dass sie ein schönes T-Shirt trägt. Oder wie geschickt sie ist, dass ihr nie was runterfällt.

»Doch«, hat sie gesagt, »manchmal passiert das schon.«

Heute hat er ihr gesagt, wie sehr er sich wundert, dass sie überhaupt die schweren Tabletts tragen kann. Weil das doch eigentlich Männerarbeit sei. Da hat Martina herzlich gelacht und den Armmuskel angespannt wie ein Boxer.

Wenn Feierabend ist, sitzen die drei eine Viertelstunde zusammen, dann läuft Martina mit dem Hund los. Gleich am ersten Tag hat er sie durchs Fernglas beobachtet, wie sie Richtung Ufer geht und da den Hund von der Leine lässt, obwohl das doch verboten ist. Am liebsten wäre er ihr nachgelaufen, hätte wie zufällig ihren Weg gekreuzt. Aber er hat sich beherrscht.

Inzwischen weiß er, sie läuft jeden Tag denselben Weg. Immer bis zu dem Bootshaus, das auf Pfählen eine Handbreit über dem Wasser schwebt. Da setzt sie sich auf einen Baumstamm und wirft dem Hund Stöckchen.

Robert hat es nie ausgehalten, Martina zu observieren, ohne sich zu erleichtern dabei. Heute ist sein letzter Tag vor der Heimfahrt. Die Hose steht ihm offen, kühl streicht der Wind daher. Vielleicht ist die Martina ja beim nächsten Besuch gar nicht mehr da, denkt er plötzlich. Und dann geht alles ganz schnell, als könnte er gar nicht mehr über sich bestimmen, so schnell. Er zieht den Reißverschluss zu, klettert vom Hochsitz, läuft den Weg entlang.

Martina ist überhaupt nicht überrascht, als sie ihn sieht. Der Hund kommt ihm mit wedelndem Schwanz entgegen. Robert sagt nichts, umarmt sie bloß. Als er seine Zunge in ihren Mund schiebt, erstarrt sie am ganzen Körper. Aber sie wehrt sich auch nicht, gegen nichts. Robert schiebt ihr das T-Shirt hoch bis zum Hals, sie hat kleine, stramme Brüste, sanft küsst Robert sie auf die Brustwarzen.

Dann kniet er nieder vor ihr. Er zieht ihr die Jeans von den Hüften, die ganze Woche hat er sich schon vorgestellt, wie sie unter dem Gürtel und der Hose ausschaut. Sie ist wunderschön. Er legt die Brille weg, dann küsst er sie, küsst sie überall. Wie sie duftet. Sie fängt an zu zittern, stößt einen Seufzer aus, als seine Zunge noch schneller und noch gieriger wird, ihre Hände greifen nach seinem Kopf, ihre Finger fahren ihm in die Haare, sie drückt seinen Kopf an sich, seufzt noch einmal.

Später stellt Robert sich neben Martina, sie legt ihren Kopf gegen seine Schulter, macht es ihm mit der Hand. Es dauert nicht lange, und sie sehen dabei zu, wie es aus ihm herausspritzt, in den Farn, die Knie fangen ihm an zu schlottern, so schüttelt es ihn. Dann lacht Martina, und er lacht auch.

Glücklich ist er, so glücklich wie noch nie, denkt Robert und nimmt Martina in den Arm.

ELKE. Als Robert die freudige Nachricht überbringt, dass er ein Mädchen gefunden hat, in Österreich, eine ganz feine und hübsche Person sei das, da weint Elke Vattenfeld vor Glück. Sie hat ja all die Jahre eine furchtbare Angst gehabt, dass Robert vielleicht gar keine Mädchen mag. Das fehlt noch, dass Robert schwul ist, wenn er schon nicht Chemiker werden will, hat Jöns mal gesagt.

Nie waren sie sich einig mit dem Jungen. Es fing damit an, dass sie ihr Kind lieber Johannes genannt hätte. Aber Jöns bestand darauf, dem Kind den Vornamen eines berühmten Chemikers zu geben. So wie es sein Vater bei ihm getan hat. Jöns heißt nach Jöns Jakob Berzelius.

Justus sollte der Junge heißen, nach Justus von Liebig. Aber da hat sie gestreikt. Justus! Als Jöns dann sagte, gut, dann heißt er eben nach Robert Boyle, hat sie nachgegeben.

Das Kind konnte noch nicht mal richtig laufen, da hat es dauernd gezischt, geknallt und gestunken im Haus, von all den Sachen, die Jöns anstellte, um dem Jungen ein Lächeln zu entlocken. Aber Robert hatte keinen Spaß an der Chemie. Immer stand er gelangweilt daneben, wenn Jöns von den Säuren und Chemikalien schwärmte und von den Versuchen, die sie noch machen würden.

Von der Straße hört Elke den Wagen von Jöns. Sie beobachtet ihn, wie er in die Auffahrt einbiegt. Letzten Monat ist er sechzig geworden. Aber immer noch ein attraktiver Mann. Und fleißig. Wenn er doch bloß nicht so hart wäre mit dem Jungen.

»Der Robert hat ein Mädchen gefunden. Ein ganz feines, hübsches Mädchen. Sie heißt Martina«, sagt Elke.

»Vielleicht wird er ja doch noch normal«, sagt Jöns und geht weiter.

Wieder schießen ihr die Tränen in die Augen. Dass sie ihrem Mann alles Mögliche nachsieht, denkt sie. Die ganzen Affären mit den ehrgeizigen jungen Frauen aus dem Forschungszentrum. Aber dass er seine Frau und seinen Sohn verachtet, das kann sie ihm nicht verzeihen.

MARIA. Sie hat gar nicht mehr an den Stammgast gedacht, bis sie den Deutschen plötzlich da hocken sieht. Wieder an dem Tisch bei der Kinderschaukel. Maria überlegt, wann der Bursche zuletzt da war. Zwei oder drei Wochen ist es her, länger nicht.

Dann kommen immer neue Bestellungen rein, und sie hat alle Hände voll zu tun in der Küche. Als die Mittagszeit vorbei ist und sie die Pfanne bürstet, schaut sie wieder raus und sieht den Deutschen noch immer da hocken. Seit dreieinhalb Stunden sitzt er da. Und Martina steht auch schon wieder bei dem.

Mein Gott, das Mädchen wird jetzt eine Frau, denkt Maria. Auch wenn die Martina den Verstand von einer Zwölfjährigen hat.

»Na ja«, sagt Elisabeth jetzt auch, »die Martina ist achtzehn. Da interessiert sich ein Mädchen halt für die Burschen.«

Also hat die Martina ihren ersten Verehrer. Maria wird fast ein bisschen wehmütig, weil sie auch gern noch mal so jung wär. Einiges würde sie dann anders machen, denkt sie.

ROBERT. Sooft es nur geht, fährt er Martina besuchen. Er hat sogar schon eine Hausarbeit auf das nächste Semester verschoben, damit er es alle vierzehn Tage in die Berge schafft. Länger hält er es nicht aus ohne sie.

Er hat Fotos von ihr gemacht. Auch solche, auf denen sie nackt ist. Martina hat sich einfach auf die Strohballen im Bootshaus gelegt, hat die Schenkel geöffnet und ihm alles gezeigt, damit er sie bloß gut fotografieren kann.

Es ist noch kein Abend und kein Morgen vergangen, an dem Robert nicht im Bett liegt und die Fotos anschaut.

Er hat aber auch ganz liebe Fotos von Martina. Eines davon trägt er immer bei sich. Da lächelt Martina so zart und rein, hinter ihr ist der See und dahinter noch ein verschneiter

Bergkamm. Das hat er auch seiner Mutter gezeigt, die ihn in den Arm genommen und gesagt hat:

»Was für ein hübsches Mädchen! Was bin ich froh für dich, Robert!«

Herbst, Winter und Frühjahr vergehen, und immer wieder besucht er Martina. Der Tümlerhof ist das ganze Jahr geöffnet. Sie haben eine Wirtsstube mit einem Kamin. Gemütlich findet Robert es da im Winter. Ob die Tante und die Mutter von Martina was ahnen, von ihm und ihr, weiß er nicht. Viel gesprochen wird ja nicht.

Dann wird es Mai. Robert kommt am ersten heißen Tag des Jahres. 32 Grad. Er kann den Abend kaum erwarten. Auf dem Plateau besteigt er den Hochsitz. Die gelben Sonnenschirme sind aufgestellt, die Geranien blühen in den Balkonkästen. Die Mittagsgäste hocken Seite an Seite auf den Bänken. Sogar der Katzentisch ist besetzt.

Als er Martina ein Tablett zum Katzentisch tragen sieht, geht ein Lächeln über sein Gesicht. Er sieht auch ihre Mutter, wie sie Bestellungen notiert. Dann plötzlich kommt ein Junge aus der Küche, den Robert noch nie gesehen hat. Ein kräftiger Kerl. Dem ist es ein Leichtes, das Tablett mit den vollen Gläsern auf die Terrasse zu tragen.

Den ganzen Tag bleibt Hochbetrieb im Tümlerhof. Es ist schon längst über der gewohnten Zeit, als die Stühle endlich auf den Tischen stehen.

Dann sieht Robert durch sein Fernglas, wie Martina nach dem Hund ruft. Er kommt herbeigesprungen, und sie gehen los Richtung Bootshaus. Robert packt seine Sachen, noch ein letzter Blick, gleich will er ihr entgegenlaufen. Da sieht er Martina plötzlich umkehren, ein paar Schritte nur, und mit beiden Armen winken. Und dann kommt auch schon dieser Kerl gelaufen und hakt sich bei ihr ein.

Robert schießt das Blut in den Kopf, als er das sieht. Aber wegsehen kann er auch nicht. Die beiden laufen miteinander verhakt den Weg entlang, den Martina immer mit dem Hund geht. Robert steigt vom Hochsitz, läuft Richtung Bootshaus. Als er die beiden wieder zu sehen bekommt, sind sie schon zwischen den Bäumen, an der Stelle, wo Robert Martina das erste Mal geküsst hat.

Als sähe er sich selber zu, denkt Robert, als der Junge Martina küsst und ihr das T-Shirt über den Kopf zieht. Sie kniet sich vor ihn, macht ihm die Hose auf. Es dauert auch nicht lange, und er krümmt sich. Danach setzt sich Martina auf einen Baumstamm, jetzt kniet er vor ihr und schiebt den Kopf zwischen ihre Beine.

MARIA. Im Mai war es heiß wie im Hochsommer, aber jetzt, Mitte Juni, regnet es schon so schlimm wie im November. Es sind keine Gäste da, Maria räumt die Küche auf, kocht Marmelade ein und rührt einen Erbseneintopf an. Dann gönnt sie sich eine Stunde auf dem Schemel und blättert in einer Illustrierten, die jemand in der Wirtsstube vergessen hat.

Als es gegen Mittag etwas aufklart, kommt Hansi vom Egerhof. Eigentlich bräuchte sie den heute nicht, denkt Maria, bei den wenigen Gästen. Aber da ist schon die Martina bei ihm, und sie geben sich einen dicken Kuss. Der Klügste ist er nicht, denkt Maria, aber hilfsbereit ist er und kräftig. Und wenn die Martina ihn mag, dann soll er heute eben bleiben, da kann er gleich noch die Bierkästen ins Lager tragen.

Plötzlich steht der Deutsche in der Tür. Maria erschrickt, weil das doch nicht gut gehen kann mit den dreien, der Martina, dem Hansi und dem Deutschen.

Martina sieht Robert und läuft mit ihrem Kinderlächeln

auf ihn zu. Der war lange nicht mehr da, denkt Maria, ist bestimmt vier Wochen her. Später, als sie doch noch die Terrasse öffnen, hocken Martina, Hansi und der Deutsche bei Gespritztem am Katzentisch. Maria hört sie lachen. Vielleicht ist ja mal wieder die Fantasie mit ihr durchgegangen, denkt Maria, die beiden Burschen scheinen sich zu mögen, und das trotz der Martina.

Zwei Wochen später, als Maria ins Bett gehen will, ruft Elisabeth nach ihr, weil Martina alles weh tut.

»Das Mädel heult vor Schmerzen«, sagt Elisabeth.

Martina liegt in ihrer Kammer und krümmt sich, überall tut es ihr weh, die Arme, die Beine, der Bauch, einfach alles.

Maria kocht ihr schnell eine Rindsbrühe, und irgendwann schläft das Mädchen. Als Maria die Kammer verlässt, denkt sie, dass die Martina vielleicht was Verdorbenes gegessen hat.

ROBERT. Solche wie der Hansi haben ihn auf der Schule verprügelt, denkt Robert. Solche kennt er. Die tragen keine dicken Brillen und brauchen auch keine Atteste für den Sportunterricht. Die sollen auch nicht Chemiker werden, sondern können einfach Holzfäller sein. Im Sommer rudern die Hansis um die Wette oder klettern mit den Touristen im Gebirge. Im Winter sind die Hansis Skilehrer. Und Schlag bei den Mädels haben sie auch. Wie Hansi bei Martina.

Es ist Anfang Juli. Kaum Gäste, am Himmel schweben Regenwolken. Sie sitzen zu dritt am Katzentisch, und Robert lächelt. Hansi und Martina lächeln zurück.

Robert geht wieder jeden Tag zum Tümlerhof. Als er Martina das erste Mal mit dem Hansi gesehen hat, an dem heißen Tag im Mai, da hat er nicht mehr hingehen können. Hat eine ganze Woche lang auf dem Hochsitz gehockt und die beiden durchs Fernglas beobachtet. Er ist ihnen auch zum Bootshaus nachgegangen, jeden Abend.

In Heidelberg hat er nachgedacht. Nächtelang hat er nicht geschlafen. Bis er dann beschlossen hat, dass er wieder hinfahren muss. Dass er sonst verrückt wird, wenn er sie nicht sieht.

Robert erzählt Martina und Hansi wieder von Australien, Neuseeland und Amerika. So bekommen die Reisen mit seinen Eltern doch noch einen Sinn. Irgendwann hat er alle Geschichten durch, also denkt er sich einfach welche aus. Die beiden merken ja doch keinen Unterschied, ob was wahr ist oder bloß erfunden.

Wieder und wieder fährt Robert zum Tümlerhof, im August, im September, im Oktober. Seiner Mutter sagt er nichts davon, dass Martina jetzt einen Hansi hat.

»Ich würde deine Martina doch nur zu gerne mal kennenlernen«, sagt seine Mutter jedes Mal, »und dein Vater auch.«

Wenn Robert auf das Plateau kommt, auf den Hochsitz steigt und das Fernglas auf den Tümlerhof schwenkt, dann hofft er immer, dass Hansi einfach verschwunden ist. Aber das will nicht passieren.

MARIA. Der Sommer geht zu Ende, ohne dass noch einer an Martinas Unpässlichkeit denkt. Den besten Sommer hat sie gehabt, seit der Tümlerhof ein Gasthof ist, denkt Maria. Sie träumt schon, dass sie sich einen Urlaub leisten können, sie, die Elisabeth und die Martina. Die Prospekte von Teneriffa hat sie längst daliegen.

Im September geht es wieder mit den unerklärlichen Schmerzen los. Zwei Tage und zwei Nächte heult Martina und jammert, niemand darf sie berühren, sonst schreit sie, als sei sie in siedendes Öl gefallen. Am dritten Tag ist es wieder gut, und Martina fühlt sich kerngesund.

Trotzdem geht Elisabeth mit ihrer Tochter zu Doktor Mugg. Sie bittet ihn, dass er auch nachschaut, ob Martina vielleicht schwanger ist. Aber Martina erwartete kein Kind.

Und dann, als schon Oktober ist, wird es schlimmer. Am besten hält Martina die Schmerzen noch aus, wenn sie ein heißes Bad nimmt. Aber sie kann ja nicht Tag und Nacht in der Wanne liegen.

Als Doktor Mugg nicht weiterweiß, schickt er das Mädchen ins Spital. Sie bekommt kaum noch Luft, und die Haare gehen ihr aus, sie muss sich nur mit den Fingern über den Kopf fahren, schon rieseln ihr die Büschel vom Kopf.

Nachdem man ihr den Blinddarm rausgenommen hat, geht es ihr wieder besser. Sie wird nach Hause entlassen. Maria verbietet ihr, schon wieder mitzuhelfen, sie soll ruhig mit dem Hansi und dem Deutschen in der Stube sitzen. Der Deutsche versucht, sie mit Geschichten aufzuheitern, aber dem Hansi und der Martina ist die Fröhlichkeit vergangen, denkt Maria. Sie hocken nur stumm da und halten sich an den Händen.

Bis Maria nachts wieder aus dem Bett geschellt wird. Dieses Mal kommt Martina ins Spital nach Innsbruck, ein Spezialist aus Wien wird eingeflogen. Sie ist fast blind, das Herz rast pausenlos. Der Spezialist glaubt, es könnte sich um eine Vergiftung handeln, eine Bleivergiftung vielleicht, und dann, als Martinas Blut in einem Speziallabor untersucht wird, weist man Thallium nach.

Maria weiß gar nicht, was das ist, Thallium. Sie läuft in eine Buchhandlung und schaut in einem Lexikon nach. Da liest sie, dass Thallium gebraucht wird, wenn Fotoapparate, Thermometer oder Leuchtraketen hergestellt werden. Und dass 800 Milligramm Thallium reichen, einen Erwachsenen zu töten.

Die Ärzte geben dem Mädchen ein Gegenmittel und versetzen es ins Koma. Aber Martina schafft es nicht.

Sie seien leider erst sehr spät auf das Thallium gestoßen, sagt der Spezialist. Wahrscheinlich habe Martina, als sie einen oder zwei Tage krank war, nur ganz wenig von dem Gift abbekommen. Aber von der letzten Dosis hätten noch dreißig Andere sterben können.

Ob sie denn irgendeine Ahnung hätten, wie das Mädchen mit dem Thallium in Berührung gekommen sein könnte, fragt der Spezialist.

Die Frage lässt Maria keine Ruhe. Und dann kommt ein Kriminalkommissar aus Innsbruck und fragt sie dasselbe wie der Spezialist im Spital. Sie überlegt, ob sie sagen soll, was sie für eine Idee hat. Dann gibt sie sich einen Ruck.

»Die Martina ist immer krank geworden, wenn der Deutsche da war.«

Und sie erzählt dem Kommissar, was es auf sich hatte, mit dem Deutschen, der Martina und dem Hansi, und dass sie noch gedacht habe, dass das doch nicht gut gehen kann.

»Das ist ein schwerer Verdacht, was Sie da sagen.«

»Aber wenn es doch so ist!«

ROBERT. Es ist der 6. November, noch vor sechs Uhr am Morgen. Robert hat ja damit gerechnet, dass sie irgendwann kommen. Sie sind zu dritt, ein Kommissar in Zivil und zwei in Uniform. Der Kommissar sagt, sie seien da wegen des Mordfalls Martina Bachert.

Robert könnte sagen, dass er von nichts weiß. Oder dass er Martina das Thallium in den Gespritzten getan hat, damit sie bloß Bauchschmerzen kriegt oder vielleicht die Haare verliert. Aber so einer ist Robert nicht. Er will sich nicht rausreden. Also sagt er, dass er Martina zuerst nur ganz wenig ins Glas getan hat, gerade so viel, dass es ihr schlecht geht.

Und dann, sagt Robert, hätte er Martina so viel Thallium ins Glas getan, dass sie davon stirbt.

»Woher haben Sie denn das Thallium?«

»Von meinem Vater.«

»Und wieso hat der so was?«

»Weil er Chemiker ist.«

»Deshalb kennen Sie sich auch aus mit der Chemie.«

»Ja«, sagt Robert, »ich heiße sogar nach einem berühmten Chemiker. Robert Boyle.«

Die Polizisten fahren dann gleich mit ihm nach Königstein. Robert wäre lieber gewesen, die Polizei hätte noch einen Tag gewartet, weil die Eltern dann vom Golf zurück sind und er ihre Gesichter hätte sehen wollen, wenn er an Handschellen nach Hause gebracht wird.

»Haben Sie denn kein Mitleid, dass ein junges Mädchen so grausam sterben musste wegen Ihnen?«, fragt der Kommissar, als Robert ihm die Dose mit dem Thallium zeigt.

»Nein«, sagt Robert, der auf die Frage gefasst war, »von Mitleid habe ich noch nie was gehört.«

JÖNS. Die Firma hat sich entgegenkommend gezeigt. Als Jöns Jakob Vattenfeld von der Verhaftung seines Sohnes erfuhr, hat er noch am selben Tag um Auflösung seines Vertrages gebeten.

»Wollen Sie nicht erst eine Bedenkzeit, Jöns«, hat Beerbaum, der Personalvorstand, gesagt. »Sie sind doch unser bester Chemiker!«

»Ich will von der Chemie nichts mehr wissen«, hat Jöns geantwortet.

Vattenfeld zieht die Gummistiefel hoch, streift die Regenjacke über. Es ist kühl. Natürlich ist das keine Zeit für den Garten. Er dreht sich noch mal zum Haus, die Gardine bewegt sich. Elke.

»Du gehst doch nur deshalb nicht mehr in die Firma, weil du Angst hast, dass sie mit den Fingern auf dich zeigen.«

Ganz leise hat Elke das gesagt, fast ohne Ton. Dieses Flüstern fand Jöns schlimmer, als wenn sie geschrien hätte.

Natürlich hat Elke ihm alle Schuld gegeben. Weil er das Thallium im Keller hatte, weil er den Jungen so streng rangenommen hat. Dass er dem Kind die Seele vergewaltigt hätte, hat sie gesagt, mit seiner verfluchten Chemie.

Jöns Vattenfeld geht über das nasse Gras, schiebt die Schubkarre mit dem Spaten und der Hacke. Es wird dauern, bis alle Pflanzen herausgerissen sind. Aber er will nie mehr eine Blume in seinem Garten haben. Er hat ja auch keinen Sohn mehr. Jöns stellt die Schubkarre ab. Der Regen fällt in dicken Tropfen vom Himmel. Ihm ist das gleich. Er bückt sich nach dem ersten Strauch, packt ihn bei der Wurzel.

ELKE. Elke Vattenfeld hätte nicht gedacht, dass es so einfach geht. Sie hat ausgeholt und ihm die Hacke ins Genick geschlagen, als er sich nach den Sträuchern gebückt hat.

Bis gestern haben sie geschwiegen. Sechs Wochen. Da wollte sie in die Garage gehen und hatte schon den Wagenschlüssel in der Hand. Und dann stand Jöns plötzlich hinter ihr.

»Wo gehst du hin?«

»Das geht dich nichts an.«

»Wo du hingehst?«

»Ich gehe zu meinem Kind«, hat sie ganz ruhig geantwortet.

»Der ist nicht mehr unser Kind. Der ist ein Mörder.«

Dann passierte etwas, was noch nie passiert war, in den zweiunddreißig Jahren ihrer Ehe nicht. Jöns hat nach ihr getreten. Sie war so überrascht davon, dass sie nicht mal mehr die Hände vor den Bauch bekam, so schnell ging das. Er hat sie mit der flachen Sohle getreten, und sie ist gestürzt.

Jetzt liegt Jöns vor ihr, mit dem Gesicht im Gras. Sie ist froh, dass sie ihn nicht ansehen muss.

* * *

Robert Vattenfeld (24) wird von den deutschen Behörden nach Österreich ausgeliefert. Das Landesgericht Innsbruck verurteilt ihn wegen Mordes an der Servierhilfe Martina Bachert zu einer lebenslangen Haftstrafe, die Vattenfeld in der Landesjustizanstalt Innsbruck verbüßt.

Jöns Jakob Vattenfeld (60) wird durch den Schlag mit der Hacke am zweiten und dritten Halswirbel schwer verletzt. Nach Operationen und Rehabilitationsmaßnahmen ist ihm das Laufen an Krücken möglich. Längere Wegstrecken legt er im Rollstuhl zurück.

Die Ermittlungen zum Unfallhergang werden eingestellt, als Jöns Jakob Vattenfeld aussagt, seine Frau habe ihn nicht mit Absicht verletzt. Sie habe bereits mit der Hacke ausgeholt gehabt, als er sich plötzlich nach einem Büschel Unkraut gebückt habe.

Elke Vattenfeld (57) zieht aus Königstein weg und nimmt sich eine Wohnung am Natterer Seeweg in Innsbruck. Von dort kann sie in wenigen Minuten zur Justizanstalt Innsbruck in der Völserstraße gehen.

DAS SEITENSPRUNGZIMMER

(Sonia & Edzard)

KUCHALLA. Zu Beginn seiner Hausmeistertätigkeit hat Alfons Kuchalla noch jedes Mal mit einer an Pedanterie grenzenden Genauigkeit beschrieben, wie es da so zugeht, auf den so genannten Sektempfängen der van Rothen. Bis Christa sagte, es ekle sie an. Dass er sich doch lieber einen anderen Job suchen solle, so widerlich finde sie das. Aber er will keinen anderen Job. Mag sein, dass er den van Rothen zur Verfügung stehen muss, wann immer es ihnen in den Sinn kommt. Mag sein, dass sie ihn nicht sonderlich gut bezahlen. Aber die Arbeit ist leicht. Besser jedenfalls als die Schufterei im Möbellager, wo er abends vor Schmerzen kaum noch gerade sitzen konnte. Das hat Christa wohl vergessen.

Er zieht die Vorhänge zurück, sammelt die leeren Champagnerflaschen ein. Nur eine kleine Gesellschaft war das gestern. Vierundzwanzig Gedecke. Edzard van Rothen hat häufig Gäste. Seine Sektempfänge sind bekannt in Hamburg. Da will man hin in der feinen hanseatischen Gesellschaft. Immer dabei sind Erno und Godehard, Edzards beste Freunde. Die drei waren schon zusammen auf dem Internat in England.

Gestern trugen die Damen leichte Sommerkleider. Die Frauen sind ausnahmslos hübsch. Und fast alle sind blond. Wie Kristiana, Edzards Frau. Die Männer kamen in Jacketts mit Einstecktüchern und Tuchhosen. Edzard trägt ja selbst am Strand Jacketts. Das hat Kuchalla mit eigenen Augen gesehen. Auf Sylt, wo die van Rothen ein Anwesen haben.

Bei den Sektempfängen ist Kuchallas Platz im Durchgang hinter dem zimtfarbenen Samtvorhang. Von dort kann er die Küche, den Salon, die Halle und das Speisezimmer überblicken. Gestern musste er auf die vier Hostessen aufpassen, dass die mit den Tabletts nicht in die falsche Richtung liefen. Natürlich wurde Champagner gereicht. Das ist ja der Witz. Dass es Sektempfang heißt, aber Champagner serviert wird.

Nach dem Dinner wechselte die Gesellschaft in den Salon, um sich zu betrinken. Nach etlichen Whisky zog Edzard das Jackett aus, lockerte die Krawatte, während Kristiana die Schuhe abstreifte. Dann wurde getanzt. Wie immer gab es um Mitternacht noch die Spiele. Ein Spiel heißt *Der Nektar des Königs*. Das geht so: Immer zwei Männer kriechen übers Parkett und schlecken Champagner aus einem Hundenapf. Wer zuerst fertig ist, hat gewonnen. Und die Gesellschaft kreischt dazu vor Begeisterung.

Kuchalla zieht die Poliermaschine für das Parkett hinter sich her. Er versteht Edzards Spiele nicht. Was daran lustig sein soll, wie ein Köter einen Napf auszuschlecken. Als die Gesellschaft mit *Der Nektar des Königs* fertig war, hat Edzard van Rothen nach ihm gerufen. Für ein zweites Spiel. Die Gäste durften mit einer Kinderpistole auf ihn schießen. Und als ihm Godehards Tischdame, eine große Frau mit kurzen blonden Haaren, den Pfeil genau auf die Stirn schoss, da umarmte Godehard seine Begleitung vor Freude und hob sie hoch, dass ihr das Kleid bis auf die Hüften rutschte. Unter dem Kleid war die Frau nackt. Nackt und rasiert.

Alfons Kuchalla stand da mit dem Gummipfeil auf der Stirn und dachte, dass er so etwas noch nie gesehen hatte. Später, als er zu Hause neben Christa lag, konnte er nicht einschlafen, weil er immer an die nackte blonde Frau denken musste.

Er schiebt die Poliermaschine in die Abstellkammer. Auf dem Couchtisch liegt ein Foto. Polaroid. Noch so ein Tick von Edzard. Manchmal, wenn er betrunken ist, fotografiert er die eigene Kotze. Er hat sogar mal auf der Toilette seinen Kot fotografiert und das Foto auf der Party herumgezeigt. Da war Edzard allerdings noch betrunkener als sonst. Das war es, was Christa meinte, als sie sagte, Alfons, es ist unter deiner Würde, wie sich diese reichen Leute benehmen.

SONIA. In der Wohnung steht die Julihitze. Sonia öffnet das Fenster, aber das macht es nicht besser. Da draußen ist es ja genauso heiß. 37 Grad. Bei ihr zu Hause, in Primorska, gab es auch manchmal so eine Hitze. Aber die Luft vom Meer dort war frischer. Sonia schließt das Fenster, zieht die Vorhänge vor. Wie oft war sie schon in dieser Wohnung? Dreißig, vielleicht auch schon vierzig Mal. Sie hätte auch gerne so ein Appartement. Allerdings würde sie mehr Möbel hineinstellen. Nicht nur ein Bett und den Schreibtisch. Dafür könnte sie auf die Badewanne verzichten. Die Wanne hat die Form einer Muschel und füllt beinahe das gesamte Bad aus.

Es ist Viertel nach drei, und Sonia fragt sich, ob er überhaupt kommen wird bei der Hitze. Er ist noch der Angenehmste von den dreien. Carlo. Nicht sein wirklicher Name. So dumm ist sie auch nicht. Sie heißt ja auch nicht Sonia, sondern Maria. Kulyu hat gesagt, dass Maria kein guter Name ist für das Geschäft, weil ja die Mutter Gottes schon Maria heißt.

Herauszufinden, wie Carlo tatsächlich heißt, war nicht schwer. Sie musste nur in seine Tasche schauen, als er mal die Reitpeitsche im Wagen vergessen hatte.

Edzard van Rothen. Seltsamer Name. Edzard. Sonia hat sogar mal ein Bild von ihm in der Zeitung gesehen. Eine schöne, elegante Frau hat er. Und ein riesiges Haus mit einer eigenen Auffahrt. Das alles hat sie auch Kulyu gesagt. Und die Namen der beiden Anderen kennt Kulyu auch. Kulyu will das so. Er will über alles die Kontrolle behalten.

Richtig böse kann Kulyu werden, wenn ihm jemand was wegnimmt. Das hat der Mazedonier zu spüren bekommen, der Kulyu den schwarzen Benz geklaut hat. Der Mazedonier konnte ja nicht ahnen, dass Kulyu an dem Wagen noch mehr hängt als an seiner eigenen Mutter. Der Mazedonier sitzt im Rollstuhl seitdem und nicht mehr in Kulyus Mercedes.

Kulyu liebt sie auch. So sehr, dass er ihr seinen Namen auf den Bauch tätowieren ließ. KULYU. Damit gehört sie ihm. So wie jeder irgendeinem gehört. So läuft das eben. Noch drei Tage. Dann fliegt sie zu Kulyu. Er ist in Sofia, Geschäfte. Sie treffen sich in Athen, von da fahren sie mit der Fähre nach Naxos. Den Urlaub haben sie sich verdient.

Sonia schwitzt und sieht wieder auf die Uhr. 15 Uhr 23. Das Appartement gehört Carlo und den beiden Anderen. Und sie? Sie gehört ihnen auch. Aber nur, wenn sie hier ist. Sie nennen es Spielen, was sie mit ihr tun. Meistens kommen sie einzeln. Sie waren aber auch schon zu dritt da. Sie müssen wirklich gute Freunde sein, dass sie sich sogar eine Frau teilen.

VAN ROTHEN. Als er in der Tiefgarage aus dem Cayenne steigt, lässt ihn der Gestank von abgestandenem Müll und ausgetrockneten Abwasserrohren würgen. Er zieht das Einstecktuch aus dem Sakko, hält es sich vor den Mund und die Nase. Er nimmt den Aufzug. Zweite Etage. Sie nennen das Appartement Seitensprungzimmer. Das war Ernos Idee. Seitensprungzimmer. Witziger Name.

Sie haben dem Mädchen eingetrichtert, dass sie schon da zu sein hat, bevor einer von ihnen das Appartement betritt. Dass sie bereit ist. Dass sie sie erwartet. Ob Sonia ihr wirklicher Name ist, weiß Edzard auch nicht. Diese Sorte von Mädchen sagt fast immer einen falschen. Ihm ist das egal. Er heißt ja auch nicht Carlo.

Er schließt die Tür auf, und er kann sie riechen. Das Parfum hat er ihr geschenkt. Sie liegt auf dem Bett. Als müsste sie sich ausruhen, nach einem langen Tag im Büro. Sie trägt das Jackenkleid, das er für sie angeschafft hat. Und die Schuhe mit den Absätzen, die Strümpfe, perfekt. So sieht sie aus wie die kalten Frauen in den Banken, mit denen er jeden Tag um Zinsen und Kredite feilscht. Wie oft stellt er sich vor, dass er die Frauen nimmt, während aus ihren Mündern Zahlen um Zahlen quellen.

Edzard tritt ans Bett, Sonia öffnet ihm die Hose. Er will ihr unter den Rock sehen. Aber er schafft es nicht, so geschickt, wie sie daliegt. Sie ist eben ein wohlerzogenes Mädchen. Er liebt dieses Spiel, schließt die Augen. Sonia versteht wirklich etwas davon, denkt Edzard. Von so was hat Kristiana keine Ahnung. Herrgott noch mal, seine Frau saugt seinen Schwanz, als sei der aus Eisen.

»Hör auf!«, sagt Edzard.

Sonia macht weiter. Will nicht aufhören. Gutes Mädchen. Tut so, als könnte sie gar nicht genug bekommen. Sie ist eben auch eine gute Schauspielerin. Wenn Kristiana ihm ihre Orgasmen vorspielt, dann lacht er in die Kissen. Vielleicht hatte Kristiana ja noch nie einen Orgasmus. Woher soll sie dann wissen, wie es sein muss?

»Zeig mir deinen Hintern«, sagt er.

»Was fällt Ihnen ein!«, sagt Sonia.

»Du zeigst mir sofort deinen Hintern!«

»Sie sind unverschämt«, sagt sie. »Ich rufe die Polizei.«

Um Himmels willen, sie ist wirklich gut, denkt Edzard. Dafür bekommt sie einen Hunderter extra heute. Er wird ihr den Schein zwischen die Pobacken klemmen.

»Du sollst mir endlich deinen nackten Arsch zeigen, hörst du!«, faucht er.

»Lassen Sie mich los!«

»Zieh den Rock hoch!«

»Sie sollen mich sofort loslassen!«

»Das hast du dir so gedacht.«

»Hilfe! Sie tun mir weh!«

»Ja, ich tu dir weh, verdammt noch mal.«

»Nein, bitte! Bitte nicht!«

Er lässt die Handschelle um ihr Armgelenk schnappen, befestigt die andere am Heizungsrohr.

»Setz dich auf den Schreibtisch.«

»Nein!«

»Du setzt dich jetzt auf den Schreibtisch!«

Er hält es jetzt kaum noch aus. Widerwillig schiebt Sonia ihren Hintern auf die Tischplatte, sieht ihn ängstlich an. Gut macht sie das, sehr gut sogar. Er kniet vor ihr hin. Kniet nieder vor seinem Altar. Verflucht noch mal, er ist kurz davor, durchzudrehen. Er schiebt ihr die Beine auseinander, auch wenn sie sich immer noch wehrt. Er erhöht den Druck. Dann endlich gibt sie nach. Der Mund wird ihm trocken, als er sie betrachtet. Es ist perfekt. Alles ist perfekt.

Er weiß, dass er zittert. Er zittert am ganzen Körper. Er möchte sie berühren. Überall. Nein, noch nicht. Später. Viel später vielleicht. Er rappelt sich auf, zu schnell, ihm wird schwarz vor Augen. Er hält sich an ihr fest, atmet tief. Es geht schon. Er lehnt sich gegen die Wand. Lässt sie zappeln, lässt sie jammern.

Er wird hinuntergehen, in die Bar um die Ecke, auf einen Espresso. So wie immer. Er wird die Zeitung lesen, die Samstagsausgabe. Vielleicht ein paar Worte mit dem Inhaber wechseln, das Wetter, der Urlaub, die Bundesliga. Danach ist genug Zeit vergangen, dann hat sie lang genug gezappelt. Und er auch. Langsam schließt sie die Schenkel. Sieht ihn an. Verächtlich soll sie ihn ansehen, das hat er ihr gesagt. Sonia sieht ihn verächtlich an, als er zur Tür geht. Braves Mädchen.

SONIA. Es gibt schlimmere Kerle als den, denkt sie. Seine Freunde zum Beispiel. Die tun ihr manchmal richtig weh. Sie hat sogar Narben davon. Der hier will nur spielen. Immer dasselbe Spiel. Sie wundert sich schon, dass es ihm nicht langweilig wird. Wenn er zurückkommt, wird er sie mit der Peitsche schlagen. Aber er schlägt gar nicht richtig zu. Sie wird ihn anflehen, ihr die Handschellen abzunehmen. Er wird den Kopf schütteln. Dann erst wird er sie nehmen, gleich hier auf dem Schreibtisch. Warum es bloß immer der Schreibtisch sein muss. Lange aushalten wird er es nicht. Dafür ist sie zu geschickt. Sie muss nur stöhnen und schreien und ihn anflehen, dass er ihre Brüste leckt. Danach wird er ihr einen Hunderter extra in die Pospalte schieben, die Handschelle lösen und verschwinden. So wie immer.

Heiß ist es. Mein Gott, es kühlt überhaupt nicht ab, obwohl der Abend aufzieht. Sie greift nach der Wasserflasche. Verdammt noch mal, sie ist zu weit weg. Sie bewegt sich runter vom Tisch, lässt sich herab auf die Knie. Aber an die Flasche kommt sie einfach nicht dran. Sie dreht sich, aber die Handschelle schneidet ihr in die Haut. Sie klettert wieder auf den Tisch. Er wird sie nicht lang warten lassen.

VAN ROTHEN. Zwischen ihnen nichts als Schweigen. Ann-Sophia schläft. Der Kopf ist verbunden, der Nacken, der Körper fast komplett. Nur ihre Augen und die Nase sind frei. Er beobachtet die Kurven auf den Monitoren, hört das gleichmäßige Surren, Ticken und Fiepen, sieht die Flüssigkeiten, die durch die Schläuche sickern, in Ann-Sophia hinein, aus Ann-Sophia heraus. Er ist müde, sehr müde sogar. Gut, dass er Röhe kennt, denkt Edzard. Röhe hilft ihnen. Röhe ist der beste Chirurg der Stadt.

Kristiana blättert in einer Zeitschrift. Sie trägt ein weißes Leinenkleid, flache, grün-gelb gestreifte Schuhe, einen Haarreif mit denselben Streifen. Perfekt gekleidet, wie immer. Wahrscheinlich hat sie in einer ihrer Modezeitschriften nachgesehen, was man auf einer Intensivstation trägt, denkt Edzard.

Wie oft hat er Kristiana gesagt, dass Ann-Sophia nicht allein ausreiten soll. Dass sie dafür noch zu jung ist. Wie oft? Hundert Mal, tausend Mal? Aber Kristiana hört ihm ja schon lange nicht mehr zu. Jetzt ist es passiert. Und sie sitzen da und wissen nicht, ob Ann-Sophia diesen Tag überleben wird.

Er hasst Kristiana. Bisher war sie ihm gleichgültig, aber jetzt hasst er sie. Wenn sie hier rauskommen, mit oder ohne Ann-Sophia, dann wird er sich von ihr scheiden lassen. Er wird ihr Geld geben. Viel Geld. Hauptsache, sie verschwindet aus seinem Leben.

»Ich geh mal eine rauchen, Schatz«, sagt er.

Kristiana sieht ihn an, als sei sie überrascht, dass er neben ihr sitzt. Ein mattes Nicken, ein Seufzen. Er geht nach draußen. Die Hitze. An die Hitze hat er gar nicht mehr gedacht. Sie faucht ihn an mit ihrem heißen Atem. Er geht ein paar Schritte, stellt sich unter eine Buche. Raucht.

Auf den Sitzbänken vor dem Eingang zu der Kinderklinik hocken Türken, Afrikaner, Deutsche. Fast alle sind zu dick. Zwischen den Erwachsenen zappeln Kinder. Ein schwarzes Mädchen zieht ein Wägelchen hinter sich her, aus dem ein Schlauch unter das Nachthemd des Kindes führt. Aus einem Kinderwagen plärrt ein Baby. Asoziale, denkt Edzard, nichts als übergewichtige Asoziale. Deren Kinder es nicht so schlimm erwischt hat wie Ann-Sophia. Ist das gerecht? Tränen schießen ihm in die Augen. Ann-Sophia. So sehr er ihre Mutter hasst, so sehr liebt er seine Tochter.

Er betet. Das fällt ihm erst auf, als er schon mittendrin ist. Seit dreißig Jahren hat er nicht mehr gebetet. Er wird in eine Kirche gehen und dort weiterbeten. Er wird den Opferstock stopfen mit Hundertern, wenn Ann-Sophia nur überlebt.

»Lieber Gott, der Du bist im Himmel!«

Ein Krankenwagen fährt lautlos, mit zuckendem Blaulicht, aufs Gelände. Ein Pfleger kommt aus der Notaufnahme gelaufen, der Fahrer und die Beifahrerin springen aus dem Wagen. Sie ziehen eine Trage, auf der ein Mädchen von vielleicht drei Jahren liegt. Reglos. Die Männer heben die Trage auf ein Fahrgestell, rollen das Kind im Laufschritt in die Klinik. Die Beifahrerin bleibt bei dem Krankenwagen.

Die Frau erinnert ihn an Sonia. Das falsche Blond. Die hohen Wangenknochen. Die schlanke Gestalt. Vermutlich kommt die Frau auch vom Balkan. Rumänien, Bulgarien, Serbien vielleicht. Wie Sonia. Edzard zieht an seiner Zigarette, wirft die Kippe auf das sonnenverbrannte Gras, das da matt am Boden liegt. Rasch tritt er die Glut aus.

Sonia.

Der Gedanke an sie ist jetzt wie ein Stich. Gleichzeitig jagt durch seinen linken Arm ein stumpfer Schmerz, als bohre sich ein rostiger Draht unbarmherzig durch die Adern zu seiner Schulter. Er schwankt, spürt, dass er gleich fallen wird, lehnt sich an die Buche. Denkt nach, denkt nach.

Wann kam der Anruf von Kuchalla? Dass Ann-Sophia vom Pferd gefallen ist, dass es schlimm um sie steht, dass er schnell zu der Klinik fahren soll, dass seine Frau mit dem Kind schon dort ist, auf der Intensivstation.

Er war in der Bar, war gerade mit der Zeitung fertig, als der Anruf kam. Er hatte schon nach dem Kellner gerufen. Zahlen bitte! Er kann sich nicht mehr erinnern. An nichts. Ob er gezahlt hat. Er wollte zu seinem Kind. Sie stirbt! Das Pferd, ein Hund hat das Pferd angesprungen. Der Schädel, verletzt. Mein Gott, sie stirbt vielleicht. Er sieht sich in die Tiefgarage laufen, sieht sich durch die Stadt rasen, über Kreuzungen und rote Ampeln.

Dann das Warten. Das endlose Warten. Das Auf und Ab auf dem Flur vor dem Operationssaal. Stunde um Stunde. Es wurde Nacht und wieder Tag.

»Sie müssen für Sie beten«, sagt Röhe.

Warten. Stunde um Stunde. Noch eine Nacht, noch ein Tag.

Er sieht auf die Uhr. 18 Uhr 33. Dann sind drei Nächte und drei Tage vergangen.

Sonia. Er hat sie vergessen. Er hat nicht mehr an sie gedacht. Nicht eine einzige Sekunde. Als sei sie gar nicht existent. Als hätte sie überhaupt nie existiert. Sie existiert ja auch nicht. Sie heißt doch nicht mal Sonia. Die Handschelle. Die Hitze. Die Jahrhundertsonne.

Edzard umklammert den Stamm der Buche. Ein schwarzer Schwindel schwebt durch seinen Körper. Schwarz und heiß, wie ein giftiges Gas. Drei Tage und drei Nächte. Er weint. Wie ein Kind. Weint darum, dass alles nur ein böser Traum ist. Aber nichts passiert. Nichts.

ERNO UND GODEHARD. Die beiden Männer warten im Wagen, bis eine Alte ihre Taschen in einen Landrover gepackt hat und aus der Tiefgarage herausgefahren ist. Sie benutzen das Treppenhaus, nicht den Aufzug. Als da Schritte sind, warten sie wieder. Lautlos schließt Erno die Wohnung auf. Stille.

»Kein Licht«, flüstert Godehard.

Die Hitze ist immer noch unerträglich, auch wenn es bereits Nacht ist. Die Hitze steht in dem Appartement. Ein süßlicher, verbrauchter Geruch. Sie sehen in den Wohnraum. Das Bett ist ein rechteckiger grauer Schatten, das Laken zerknüllt. Das Licht von den Neonreklamen flackert ins Zimmer. Mal grün, mal rot, mal blau.

Sie liegt neben dem Schreibtisch. Mit ausgestreckten Armen. Der linke Arm hängt in der Handschelle am Heizkörper. Der rechte Arm greift nach der Flasche. Eineinhalb Liter Wasser. Unberührt. Unerreichbar weit weg.

»Ist sie?«, fragt Erno.

Godehard berührt sie am Arm. Ihr Kopf ist nach hinten gekrümmt. Der Mund steht ihr offen. Fliegen kreisen da. Wo kommen bloß die verdammten Fliegen her? Godehard fasst nach ihrer linken Brust.

»Ja«, sagt er.

KUCHALLA. Er hatte ja nicht ahnen können, dass Edzard nicht wieder zu einem Sektempfang einladen würde, sonst hätte er doch nicht so viel Champagner nachbestellt. Seit dem Unfall von Ann-Sophia herrscht Stille im Anwesen der van Rothen. Zwischen Edzard und Kristiana kein Wort, nicht mal ein Blick. Als Kuchalla Christa davon erzählt, schüttelt sie nur den Kopf.

Dann ist er damit beschäftigt, ein Krankenzimmer einzurichten, und hört die Stille nicht mehr. Kuchalla ist erleichtert, als nach sechs Wochen endlich das Kind gebracht wird. Wenigstens ist jetzt wieder Leben im Haus. Die Pflegerinnen, die Therapeuten, die Ärzte.

Hin und wieder empfängt Edzard seine Freunde. Erno und Godehard sind die Einzigen, die ihn besuchen. Auch wenn sie gebräunt sind, von den Gartenpartys auf Sylt oder den Wochenenden auf Godehards Ranch in Südafrika, sind sie blass. Sie sind innerlich blass. Kuchalla hat einen Blick für so was.

Einmal schneidet er im Garten den Rhododendron, da sieht er die drei im Raucherzimmer. Immer wieder springt Godehard auf, läuft herum, sieht aus dem Fenster, rauft sich die Haare. Edzard schlägt mit der Hand auf den Tisch. Erno redet auf ihn ein, mit geballter Faust. Godehard telefoniert, gestikuliert, schüttelt den Kopf, wirft das Handy auf die Couch.

Dann plötzlich umarmen sich die Männer. Sie stecken die Köpfe zusammen, sehen zu Boden, wie eine Fußballmannschaft vor einem entscheidenden Spiel. Kuchalla hört sie durch das Fenster schreien, in einer Sprache, die er nicht versteht.

GODEHARD. Auf der Terrasse des Golfklubs bestellt er gegrillten Seehecht und eine Flasche Sancerre Blanc. Scheermann streckt die Beine aus. Es ist 20 Uhr 30. An den Abendhimmel schieben sich graue und fast schwarze Wolken. Es ist schon Oktober, aber immer noch angenehm warm, selbst jetzt noch.

Godehard denkt an Edzard. Es ist drei Monate her, und Edzard ist immer noch kurz davor, die Nerven zu verlieren. Immer wieder fängt er von vorne an, wollte schon seinen Anwalt anrufen. Auch wenn Rebmann der beste Rechtsverdreher der Stadt ist, was soll er denn da noch machen? Wo die Nutte doch tot ist.

»Halt einfach still«, hat er zu Edzard gesagt.

Keiner vermisst die. Keiner findet die. Dafür hat Erno doch gesorgt. Erno hat die stärksten Nerven von ihnen. Immer schon gehabt, schon auf dem Internat. Erno hat die Nutte auf dem Friedhof beerdigt. Auf so was muss man erst mal kommen. Es gibt kein perfekteres Versteck für eine Leiche als ein Grab auf dem Friedhof.

»Im Auge des Taifuns ist es am sichersten«, hat Erno gesagt und gelacht.

Der Fisch ist vorzüglich. Godehard trinkt den Rest Wein. Als sein Handy summt, ist es 21 Uhr 15. Godehard wird ungern beim Essen gestört. Es ist schon wieder Edzard.

»Und?«, sagt Godehard. »Geht es dir besser?«

»Ich könnte die Wände hochlaufen.«

»Verlass dich auf Erno. Die wird nie einer finden!«

»Und wenn doch?«

»Hör auf«, sagt Godehard, »wir haben das doch schon so oft diskutiert.«

»Ja«, sagt Edzard.

»Du darfst nicht die Nerven verlieren, verstehst du?«

»Ja«, sagt Edzard noch mal und legt auf.

Um 22 Uhr 36 verlässt Godehard Scheermann den Golfklub. Nicht ohne sich bei den anderen Gästen mit einem Kopfnicken zu verabschieden. Es ist dunkel. Die Wolken sind abgezogen, ohne abzuregnen. Godehards Jaguar steht etwas abseits von den anderen Autos unter einem Baum. Da war Schatten, als Godehard zum Golfplatz kam. Er sucht in seiner Jacke und dann in der Golftasche nach den Wagenschlüsseln. Er kann die Schlüssel nicht finden.

Um 22 Uhr 41 ist Godehard Scheermann tot. Später

werden die Kellner, der Koch und die Gäste des Golfklubs sagen, dass sie nichts gesehen und nichts gehört haben. Nicht das leiseste Geräusch.

Godehard Scheermann wurde dreiundvierzig Jahre alt. Der Täter stach ihm ein Messer von hinten ins Herz. Die Klinge war mindestens zwanzig Zentimeter lang und sehr schmal. Ein gekonnter Stich. Vermutlich hat er Godehard gleichzeitig den Mund zugehalten. Das wäre jedenfalls eine Erklärung, weshalb die Gäste des Golfklubs nichts gehört haben.

In Godehards Mund steckt sein rechter Fuß. Er ist unterhalb des Knöchels abgesägt worden, mitsamt dem Schuh. Die Splitterung der Knochen und die Wunde lässt den Gerichtsmediziner später darauf schließen, dass der Täter eine elektrische Säge benutzt hat. Wahrscheinlich schallgedämpft. Beim Hineinpressen des Schuhs in den Rachen rissen die Mundwinkel des Opfers auf beiden Seiten ein.

Die Polizei glaubt, der Täter sei Profi. Wahrscheinlich vom Balkan oder aus Russland. Bei Bandenkriegen gebe es dort ähnlich zugerichtete Opfer. Die Mordkommission fragt in Godehards Bekanntenkreis nach, ob der Ermordete Kontakte ins Rotlichtmilieu oder zu Drogenbanden unterhalten habe. Bei der Befragung von Edzard van Rothen fällt den Beamten dessen übergroße Nervosität auf. Eine Antwort auf ihre Fragen gibt van Rothen ihnen aber nicht.

KUCHALLA. Sechs Wochen später, noch im November desselben Jahres, zieht Kuchalla einen wattierten Umschlag aus dem Briefkasten. Auf dem Umschlag steht lediglich »Edzard van Rothen«. Kuchalla fällt die seltsame Schrift auf. Vielleicht wurden die Buchstaben mit einer Schablone geschrieben, denkt er.

Edzard van Rothen zittert, als er ihm den Briefumschlag bringt. Kuchalla ist verblüfft, wie sehr sich sein Chef seit dem Unfall und der Ermordung seines Freundes verändert hat. Er hat eine leise, brüchige Stimme bekommen, ist abgemagert, hat nie wieder sein überlegenes Van-Rothen-Lächeln aufgesetzt. Tagsüber sitzt er meist im Raucherzimmer, pafft seine Zigarren, starrt in den Park. Immer läuft der Computer. Nur hin und wieder sieht Edzard nach Ann-Sophia, die zumindest die Hände wieder so bewegen kann, dass sie einen Strohhalm halten kann.

Kristiana und Edzard van Rothen gehen inzwischen nicht mehr stumm aneinander vorbei. Sie begegnen sich erst gar nicht mehr. Wie sie das schaffen, wo sie doch im selben Haus wohnen, bleibt Kuchalla ein Rätsel. Als er zu Hause Christa davon erzählt, schüttelt sie wieder nur den Kopf.

VAN ROTHEN. In dem Umschlag steckt der Wagenschlüssel, Godehards Wagenschlüssel. Jaguar S-Type. Edzard schüttelt den Umschlag aus. Sonst ist da nichts. Keine Nachricht, nichts. Mit einem Küchenmesser trennt er die Verklebung auf, zerlegt die Verpackung. Aber es bleibt dabei: keine weiteren Hinweise.

»Sie wollen dich verrückt machen«, sagt Erno, als Edzard ihn anruft.

»Das bin ich doch schon.«

ERNO. Im Februar stellt Erno das Snowboard zu den Skiern und den Rodelschlitten. Er fragt sich, wo Miriam und die Kinder sind. Bis ihm einfällt, dass sie nach Kitzbühel wollten, zu einer Modenschau. Miriam hat wirklich nichts anderes im Kopf, denkt Erno.

Das Haus ist weitläufig. Alpenländischer Stil. Im Kamin

knistert ein Feuer. Erno schenkt sich einen Whisky ein. Der Blick auf die verschneiten Alpen ist fantastisch. Zwei Millionen hat er in das Haus investiert, für diesen Blick. Jeder Euro hat sich gelohnt, denkt Erno und trinkt in einem Zug aus.

Im Souterrain schaltet Erno die Sauna ein, streift die Kleider ab, duscht. Aus den Lautsprechern säuselt Countrymusik. Er wirft den Bademantel über, schlüpft in die weißen Badelatschen aus Frottee, trinkt noch einen Whisky.

Miriam Korves hat noch den Mantel an, als sie ihren Mann zweieinhalb Stunden später auf den Fliesen vor der Sauna findet. In einem ersten Reflex schließt sie die Tür hinter sich. Die Kinder sollen ihren Vater nicht so sehen. Dann erst schreit sie.

Erno liegt auf dem Rücken, in einer schon trockenen Blutlache. Mit seinen toten Augen blickt er zur Decke, wo auf hellblauem Grund weiße Wölkchen schweben. Ernos rechter Fuß ist abgeschnitten. Erst als sie in die Knie geht, begreift Miriam, dass es dieser Fuß ist, was in Ernos Mund steckt. Nicht einmal den Badelatschen hat der Mörder ihm abgestreift. Später wird die Polizei feststellen, dass dem Fuß der kleine Zeh abgeschnitten wurde.

VAN ROTHEN. Eineinhalb Jahre vergehen, ohne dass irgendetwas passiert. Dann bringt Kuchalla wieder einen wattierten Umschlag mit Schablonenschrift. Darin befinden sich ein Stück Knochen und ein Fußnagel. Edzard erbricht sich noch auf dem Teppich des Raucherzimmers.

Er öffnet das Fenster. Es ist wieder Sommer. Kuchalla hat den Rasensprenkler eingeschaltet. Für Kristiana und Ann-Sophia hat Edzard ein zweites Haus auf dem Grundstück bauen lassen. Er tritt auf die Terrasse, winkt Ann-Sophia, die im Rollstuhl sitzt und mit dem Hund spielt.

Ein lautes Schaben. Vielleicht ein Vogel im Geäst. Edzard bewegt sich nicht. Bewegt sich schon lange nicht mehr wegen eines lauten Geräuschs. Nach dem Vorfall mit dem Mädchen in dem Appartement hat ihn alles erschreckt. Das Ticken der Uhr, das Knacken der Äste, das Hupen eines Autos, das Telefon, der Wind im Vorhang. Er war umzingelt von schrecklichen Geräuschen. Aber seitdem das mit Erno und Godehard passiert ist, erschreckt ihn nichts mehr. Jetzt ist ihm alles egal.

Er bleibt da auf der Terrasse stehen, den Brief in der Rechten. Ann-Sophia winkt ihm. Sie kann den rechten Arm schon bis zur Höhe der Armlehnen heben. Edzard liest noch einmal den Zettel, der bei dem Knochen lag. Sie wollen zwei Millionen Euro in gebrauchten Scheinen.

KUCHALLA. Er sieht Edzard van Rothen eine pralle Ledertasche auf den Beifahrersitz des großen Porsche stellen, den er seit dem Unfall von Ann-Sophia nicht mehr gefahren ist. Die Reifen des Porsche knirschen auf dem Kies, und der Wagen, den Kuchalla betankt und gewartet hat, rumpelt auf die Straße, reiht sich ein unter die anderen Autos, wie ein alter kranker Fisch im Strom der viel schnelleren, kleineren Fische.

SCHMIDTKE. Polizeihauptkommissar Helmut Schmidtke, der nach siebzehn Dienstjahren über eine gewisse berufliche Erfahrung verfügt und auf einem abgelegenen Parkplatz unweit der Landungsbrücken den toten Edzard van Rothen im offenen Kofferraum eines Porsche Cayenne betrachtet, wird später in seinen Bericht schreiben, der Ermordete habe den Ausdruck großer Erleichterung im Gesicht getragen. Weshalb er beim ersten Augenschein angenommen habe, der

Mann habe sich selbst getötet. Dazu hätte er sich allerdings eine etwa zwanzig Zentimeter lange Klinge von hinten ins Herz rammen und sich auch noch den rechten Fuß mit einem elektrischen Messer absägen müssen.

Der Tatort und die Umgebung wurden mit Spürhunden gründlich abgesucht. Den Fuß des Opfers konnten die Beamten nicht finden. Dass der Fuß nicht im Mund des Opfers steckte, war die einzig markante Abweichung zu den Morden an Korves und Scheermann. Fünfzig Meter vom Fundort der Leiche entfernt zog ein Beamter eine Ledertasche mit van Rothens Initialen aus dem Gebüsch.

KULYU. Kulyu Popov, 34, wird ein halbes Jahr später in Sliven, Bulgarien, in einem Waldstück tot aufgefunden. Sein Körper ist von dreiundvierzig Kugeln durchsiebt. Das Blut hat den Schnee rot gefärbt. Popov wurde der rechte Fuß abgeschlagen, wahrscheinlich mit einer Machete oder einem Schwert. Der Fuß steckt im Mund des Toten.

Die bulgarische Polizei vermutet, dass Popov von albanischen Drogendealern erschossen wurde. Eine zweite Theorie lautet, dass Popov in Deutschland zu einem Haufen Geld gekommen sei und sich nach Sliven absetzen wollte. Das behauptete jedenfalls ein Spitzel der bulgarischen Geheimpolizei. Allerdings wird bei Popov kein Geld gefunden, auch nicht in seinem Hotelzimmer.

Ein Zusammenhang zu den Hamburger Fällen wird nicht hergestellt, da sich die deutschen und die bulgarischen Behörden darüber nicht austauschen.

KUCHALLA. Nach Verstreichen des Trauerjahres heiratet Kristiana van Rothen den ebenfalls verwitweten Sohn einer Reederfamilie aus Bremen. Die neue Familie bezieht das

Haupthaus der van Rothen. Dort wird die Tradition der Sektempfänge wieder aufgenommen. Kuchalla behält seinen Posten als Hausmeister. Wenn er seiner Frau von der Arbeit bei den van Rothen erzählt, beschränkt er sich darauf, die gesundheitlichen Fortschritte von Ann-Sophia zu beschreiben.

GLEIS 2
(Michail & Katherina)

Das Leben kann so hässlich sein. Nein, es ist hässlich. So hässlich wie der Tunnel, der vom Busbahnhof hinauf zu den Bahnsteigen führt.

»Mika, wenn du wüsstest, wie trist es in Pushkino ist«, hat Onkel Baris gesagt, »dann würdest du begreifen, wie schön du es hier hast.«

Aber Mika war nie in Pushkino. Mutter ging weg, als sie mit ihm schwanger war. Vielleicht wollte sie nicht, dass Pushkino das Erste ist, was er im Leben zu sehen bekommt. Wenn es da noch hässlicher war als hier.

Mika weiß schon, was schön ist, die Welt ist ja nicht überall hässlich. Er war mal mit den Landschaftsgärtnern in Düsseldorf. Sie sollten einen Wasserfall in einen Garten bauen. Als sie ankamen, war es gar kein Garten, es war ein Park. Das Haus hatte einen Lift zu den Schlafräumen und fünf Garagen. Da standen ein Maserati, ein Bugatti und sogar ein Maybach. Die schönsten Autos der Welt. Und es gab eine Schwimmhalle. Auf dem Dach war ein Landeplatz für den Hubschrauber. Es gab auch zwei Tennisplätze und einen Golfplatz. Hässlich war es da nicht.

»Aber so was gehört doch Deutschen«, hat Onkel Baris gesagt.

»Nein, es gehört einem Japaner.«

»Natürlich«, hat Onkel Baris gesagt, »die Japaner sind ja noch reicher als die Deutschen.«

Auf der Straße nennen sie Mika den Russen. In Pushkino waren Mutter, Großmutter und Onkel Baris die Deutschen.

»Die Russen haben vor uns auf die Straße gespuckt«, sagt Großmutter.

Manchmal ist es nirgendwo richtig.

Ein Araber fährt auf einer Kehrmaschine durch den Tunnel. Wo er langgefahren ist, bleibt eine nasse Spur. Was soll das schon bringen?, denkt Mika. Der Tunnel ist trotzdem hässlich. Da müsste man ihn schon in die Luft jagen.

Hin und wieder hilft Mika im Bombayshop aus. Dafür darf er dort ein paar Stunden ins Internet. Mit Photoshop macht er dann Bilder, wie er in Santa Monica mit Paris Hilton am Strand sitzt oder mit Kanye West in New York, auf der Terrasse des Waldorf Astoria. Solche Fotos hat Mika auch schon für Anton, Toscha oder Jorg gemacht. Alle finden das lustig.

Vielleicht könnte Mutter noch leben, wären sie in Pushkino geblieben. Dort gibt es keine Wolkenkratzer. So stolz war sie, dass sie nicht mehr die Klos putzen oder die Flure saugen musste. Dass sie in die Gondel durfte. Wo sonst doch nur Männer reinkamen.

»Es ist herrlich da oben«, hat Mutter gesagt.

Mutter war besser als die Männer. Sie schaffte vierzig Fenster in der Stunde. Und dann kam eine Windböe und kippte die Gondel um. Mutter stürzte vierundzwanzig Stockwerke in die Tiefe. Sie brachten es sogar in der Zeitung. Mutter lag auf einem Ford Mondeo. Das Dach war eingedrückt bis auf die Kopfstützen. Jemand hatte ein Tuch über Mutter gelegt. Nur die Schuhe schauten darunter hervor, Mutters weiße Reeboks. Den Zeitungsausschnitt hat er noch.

Im Bahnhofstunnel riecht es nach Bratwurst, aber auch nach Kotze und Pisse. Die Bratwürste dreht eine dicke Blonde. Mika hat mal mit ihr geredet. Sie heißt Sabrina. Ihr Kittel ist besudelt mit Fett. Mika nickt ihr zu, Sabrina streckt die Zunge raus und lacht.

Eine Verwachsene, die erst seit ein paar Wochen da ist und wie eine Spinne geht, mit nach außen geknickten Beinen, versperrt einem feinen Typen den Weg und will einen Euro. Der in dem Anzug zieht einen silbernen Rollkoffer und weicht ihr aus. Die Spinne flucht. Die Neonröhre in dem Blumenladen flackert, auf dem Pflaster hockt ein Mädchen mit einem mageren Köter. Das Mädchen hat blaue Haare und Piercings und will Kleingeld. Die Rolltreppen sind außer Betrieb, schon seit zwei Jahren. Im türkischen Friseurladen sitzen die Kunden im Fenster und schauen in den Tunnel.

Mika geht zu Arzu. Sie trägt ein Kopftuch. Ihr Laden heißt Tante Emma. So hieß der Laden immer schon. Da gibt es alles für die Reise. Getränke, Obst, belegte Brötchen. Gerald kommt rein. Gerald ist bekloppt und stinkt nach Schweiß. Beim Sprechen läuft ihm der Sabber aus dem Mund. Er hat ja auch keine Zähne. Gerald sammelt Flaschen. Er trägt eine Polizeiuniform, die unter beiden Armen eingerissen ist.

»Na, Gerald«, sagt Arzu, »wie läuft es?«

Mika nutzt die Gelegenheit und schiebt sich ein Bounty in die Tasche. Er fragt sich, welche Farbe wohl Arzus Haare haben? Noch nie hat er sie ohne Kopftuch gesehen. Sie ist freundlich, aber sonderlich schlau ist sie nicht. Jeden Tag steckt Mika was ein. Noch nie hat Arzu was gemerkt.

Mikas Bahn fährt in zwanzig Minuten. Und wenn er die nicht kriegt, dann nimmt er die nächste. Zeit hat er genug, mit einem Job ist ja nichts. Er hat schon zwei Umschulungen, vom Konditor zum Landschaftsgärtner, dann zum Anstreicher. Aber da wurde ihm von den Dämpfen schwindelig. Einmal ist er ohnmächtig von der Leiter gefallen. Das Amt hat es aufgegeben mit den Umschulungen.

Also fährt Mika jeden Tag in die Stadt und guckt sich um. Heute war er bei den Handys. Die passen da höllisch auf. Die Handys sind angekettet. Dafür bräuchte man eine Zange. Aber neuerdings bleiben die Verkäufer bei ihm stehen, wenn er ein Handy checkt. Mika hat dann noch in dem Laden gefragt, ob sie vielleicht einen Verkäufer bräuchten. Er kennt sich doch aus mit Handys.

»Hau ab«, hat der Filialleiter gesagt.

Was ist das denn für eine Antwort auf eine höfliche Frage nach einer Arbeit? Hau ab!

Einmal in der Woche kratzt der Serbe von der Straßenreinigung die schwarzen Kaugummis vom Boden. Dann ist also Mittwoch heute, denkt Mika. In der Schmuckschatulle verkaufen sie auch nur Schrott. Lauter Imitate. Falsches Gold, falsches Silber, Diamanten aus buntem Glas. Aluminium, Blech, Plastik. Würde man den Laden abfackeln, das billige Zeug würde in ein paar Sekunden schmelzen und unter der Tür abfließen wie Putzwasser. Mit Schmuck kennt Mika sich aus. Er wollte mal Schmuckdesigner werden. Aber an der Schmuckfachschule haben sie nur gelacht. Schmuckdesigner? Mit dem Zeugnis?

Mika weicht dem Serben mit dem Kratzbesen aus, da sieht er in der Schmuckschatulle ihren Rücken und ihre Haare. Sie dreht an dem Ständer mit den Halsketten. Sie legt sich eine der Ketten um, eine goldene mit türkisfarbenen Steinen. Sie betrachtet sich im Spiegel, so sieht Mika auch ihr Gesicht. Sie lächelt sich an. Dass sie viel zu hübsch ist für die hässliche Kette, denkt Mika. Anscheinend fällt ihr das auch auf, sie legt die Kette zurück. Vielleicht ist sie drei, vier Jahre jünger als er, schätzt er. Nicht älter als zwanzig jedenfalls. Sie zieht einen roten Rollkoffer und geht zur Vitrine mit den Ringen.

Schlank ist sie, fast dünn. Der kurze schwarze Mantel steht ab, darunter sieht man das noch kürzere Kleid. Es ist grau und hat einen Rollkragen. Sie trägt schwarze Strümpfe und schwarze Stiefel. Auch die Haare sind schwarz und gehen ihr bis zu den Schultern. Die Mädchen, die mit Pjotr, Andrej und den Anderen gehen, lassen sich die Haare lieber hellblond färben. Nach ein paar Tagen wachsen die dunklen Haare nach, und nach ein paar Wochen sieht das dann aus wie das Fell von einem Dachs.

Sie spricht mit der Verkäuferin. Tippt mit dem Finger auf die Vitrine. Die Verkäuferin reicht ihr einen Ring. Sie steckt ihn auf den Finger, hält ihn ins Licht. Sie hat ein spitzes Kinn, eine kleine Nase, die Lippen stehen ein wenig vor, große dunkle Augen, auch ihre Haut ist dunkel, wie Kaffee mit Milch.

Mika fragt sich, ob sie Deutsche ist. Nein, eher Ägypterin. Mika weiß auch nicht, wie er darauf kommt. Er kennt gar niemand aus Ägypten. Jetzt lächelt sie der Verkäuferin in der Schmuckschatulle zu, ihre Zähne sind weiß wie Schnee. Es ist das hellste Stückchen Weiß in diesem Dreckstunnel, denkt Mika. Die Ägypterin schüttelt den Kopf, die Verkäuferin zuckt mit den Achseln.

Die Ägypterin sieht anders aus als die Mädchen im Carat. So als könnte ein Wind sie umstoßen. Wodka, Zigaretten, Kleber schnüffeln? Einem auf dem Klo einen blasen? Nein, so was hat sie bestimmt noch nie gemacht, denkt Mika. Nie.

Drei Freundinnen hatte er bis jetzt. Elena, Raisa, Jana. Ging immer nur ein paar Monate gut. Mika redet einfach nicht gern. Das hat er von Vater, der sagt auch nichts.

Die Ägypterin hat es nicht eilig. Als sie aus der Schmuckschatulle kommt, ist Mika hinter ihr. Er bildet sich ein, sie riecht nach Pfirsich, die Rollen ihres Koffers rattern über die Kacheln. Sie geht in den Zeitungsladen. Blättert eine Modezeitung durch, dann nimmt sie eine Illustrierte. Mika schlägt eine Autozeitschrift auf.

»Das ist kein Lesesaal hier«, sagt der Typ hinter der Kasse nach ein paar Minuten. »Ja, dich da meine ich, dich mit der verkackten Lederjacke!«

Der Kassierer sieht zu ihm hin. Die Ägypterin auch. Mika schiebt die Zeitschrift aufs Regal, geht nach draußen. Die Ägypterin kauft ein Päckchen Kaugummi und eine Flasche Wasser. Mika sieht sie an, als sie an ihm vorbeigeht. Sie ist ganz nah. Er müsste nur den Arm ausstrecken. Sie schaut auf die Anzeigetafel. Sie geht zu Gleis 2, wo die Fernzüge nach Norden fahren. Bremen, Hamburg, Puttgarden.

Die Leute an Gleis 2 haben größere Koffer als am Gleis der Regionalbahn. Ein paar Alte mit Schutzbezügen um die Koffer warten, auch Weiber, die Zigaretten paffen. Alle paar Sekunden lachen sie. Weiter oben noch zwei Angeber in Angeberanzügen. Einer telefoniert, der Andere fährt mit den Fingern über sein iPhone.

Die Ägypterin dreht am Verschluss der Wasserflasche. Sie bekommt ihn nicht auf. Jetzt! Hilf ihr, geh hin! Mika macht einen Schritt nach vorn, aber da hat die Ägypterin den Verschluss schon im Mund. Dreht ihn mit den Zähnen auf. Mit ihren strahlend weißen Zähnen. Sie trinkt, mit kaum geöffneten Lippen. Jetzt bückt sie sich, schiebt die Flasche in den Koffer. Mika geht in die Knie. So kann er ihr unter den Rock sehen.

Als die Ägypterin sich aufrichtet, hat sie einen Vorhang aus Haaren vor dem Gesicht. Mika ist fast neben ihr, zwei, drei Schritte nur, und lächelt, als sie die Haare zur Seite schiebt und in seine Richtung sieht. Sie sieht ihn an. Ihre Blicke treffen sich, nur kurz, einmal einatmen, einmal ausatmen, länger nicht, dann senkt sie den Kopf, dreht sich seitwärts, schaut auf die Gleise.

Mika geht bis zur weißen Linie, vorne bei den Schienen. Dann dreht er sich zu ihr. Aus dem Lautsprecher ein Krächzen und Räuspern. Die Stimme sagt, der ICE nach Puttgarden über Bremen und Hamburg hat elf Minuten Verspätung. Bis Bremen oder Hamburg war er noch nie, denkt Mika. Und eine Stadt, die Puttgarden heißt, kennt er gar nicht.

Die Ägypterin schiebt einen Kaugummi in den Mund. Fährt sich mit der Zunge über die Lippen. Streicht die Haare aus der Stirn. Langsam, wie ein Vorhang aus Seide, fallen sie in die Stirn zurück. Aus der Manteltasche zieht sie ein Handy, sieht auf das Display, lächelt, tippt mit dem Daumen auf der Tastatur. Sie hat ein Nokia mit 16 Megabyte, das ganz neue. Der Klingelton von ihrem Handy hört sich an, als würde jemand die Luft küssen. Jetzt lächelt die Ägypterin wieder. Und ihr Daumen fliegt noch einmal über die Tasten.

»Fährt hier die erste Klasse ab?«, fragt eine Alte.

Mika erschrickt. Woher soll er das wissen? Er schüttelt den Kopf, als die Ägypterin gerade zu ihm hinsieht. Er lächelt. Sie nicht, sie sieht schnell wieder weg, zu der Kneipe, die Bahnhofsklause heißt.

Vielleicht traut sie sich nicht, vielleicht ist sie schüchtern. Ja, schüchtern, das passt, bestimmt ist sie furchtbar schüchtern. Trotz ihrer Schönheit. Sie ist eben anders als die Weiber im Carat. Das sind ja Schlampen. Die sagen immer, was sie von den Kerlen wollen. Hey, Mika, ich hab totalen Bock auf dich! Komm, zeig mir mal wieder deinen Schwanz! So was sagen die im Carat.

Mika sieht nach der Uhr. Noch sieben Minuten. Auf

Gleis 1 rauscht ein Güterzug durch. In Plastik verschweißte Audis, ab sechzigtausend aufwärts kosten die. Der Güterzug wirbelt Dreck auf. Die Ägypterin hält sich am Griff ihres Koffers fest. Mika hat doch gewusst, dass ein Wind sie umstoßen kann. Sie hat die Augen geschlossen, fliegt ja jetzt auch der ganze Dreck hier herum.

Als der Zug durch ist, steht Mika nur noch eine Armlänge von ihr entfernt. Er hustet. Als hätte er Staub geschluckt. Die Ägypterin macht nichts, gar nichts. Vielleicht hätte er etwas anderes anziehen sollen, denkt Mika. Vielleicht liegt es daran, dass sie nicht herschaut. Bestimmt achtet eine wie sie darauf, was einer trägt. Das Samtsakko wäre besser gewesen. Er hat es bei der Taufe von Goschas Sohn getragen. Dazu noch die schwarzen Lederschuhe. Goscha hat Jelena ein Kind gemacht, obwohl die erst sechzehn ist. Idiot. Auf Mika hatte Jelena auch Bock. Aber er nicht auf sie.

Noch sechs Minuten. Mika stellt sich vor, wie er mit der Ägypterin ins Carat geht. Die Jungs würden ganz schön gucken. Und die Weiber mit den Dachsfrisuren auch. Jetzt sieht sie wieder auf ihr Handy. Er würde den Arm um sie legen. Sich so mit ihr an die Theke setzen. Nadja, mach mal zwei Whisky Cola mit Eis! Dann wär schon mal allen klar, wem das schönste Mädchen im Carat gehört.

Jetzt singt Lady Gaga in ihrem Handy *Telephone*. Die Ägypterin legt die Hand über den Mund, als sie spricht. Lacht. Sie geht zwei Schritte weg von ihrem Koffer, geht nach links, dann wieder zurück, immer im Kreis, während sie spricht. Wieder lacht sie.

Noch vier Minuten. Nach dem Carat würde er mit ihr heimgehen. Großmutter würde lächeln, wenn sie zur Tür hereinkämen. Nein, Großmutter schläft dann ja längst. Aber Vater? Vater würde sogar den Fernseher ausschalten. Er sitzt ja bis morgens früh davor. Und Onkel Baris auch. Der würde sicher ein paar Sprüche machen. Onkel Baris hatte in Pushkino einen Friseursalon, der versteht was von Frauen.

Die Ägypterin sieht auf ihre Armbanduhr. Dann spricht sie wieder in das Handy. Schüttelt den Kopf, aber das Lächeln bleibt. Noch einmal lacht sie laut auf.

Mika stellt sich die Ägypterin in seinem Zimmer vor. Wie er sie auszieht. Den Mantel, das Kleid, die Stiefel, alles. Sie liegt nackt auf dem Bett. Unter dem Poster von Metal Man. Liegt da, lächelt und riecht nach Pfirsich. Winkt. Komm endlich her! Wenn Mika bloß dran denkt, kommt ihm das Zittern.

Die Ägypterin sagt »Tschau, tschau«, dann schiebt sie das Handy in die Manteltasche. Ein Afrikaner in einer blauen Uniform zieht einen Karren mit Colakisten. Stellt ihn zwischen Mika und die Ägypterin. Verdammter Idiot.

Zwei Minuten noch. Er kann nicht mehr warten, denkt Mika. Er geht um den Karren herum, hustet noch einmal. Diesmal sieht sie ihn an.

»Ich heiße Mika.«

Sie schließt die Augen. Greift blind nach dem Koffer. Klappt die Augen wieder auf, schüttelt den Kopf. Ganz leicht nur. Sie streckt das Kinn vor, hebt die Hand. Und wischt ihn weg. Mit einer einzigen Bewegung. Wie man eine lästige Fliege verjagt. Oder die stinkenden Bettler unten im Tunnel.

Sie geht weg von ihm. Ein paar Schritte nur. Unter ihrem Koffer quietschen die Rollen. Aus der Manteltasche zieht sie weiße Kopfhörer. Sie schiebt die Stöpsel in ihre Ohren. Bedient das Handy mit dem Daumen. Sie hat ja das 16 MB, da passen eine Menge Lieder drauf.

Mika fühlt nichts, alles leer. Als Onkel Baris anrief, damals, und ihm sagte, was Mutter passiert war, da war er auch so leer. So leer wie jetzt. Und genauso wütend. Weil sie ihm immer nur was genommen haben. Nie hat er was gekriegt. Mika spürt den Puls, der gegen seine Schläfen klopft wie eine Faust. Der ihm das Blut in den Kopf drückt.

Und die Luft, verdammt noch mal, er kriegt keine Luft mehr. Kriegt sie nicht mehr durch den Hals. Saugt und saugt. Schwitzt. Der Schweiß kommt kalt aus seinen Poren.

Er riecht sie, riecht die Pfirsiche. Aus ihren Kopfhörern zischelt Musik. Pfirsich? Ja, es ist Pfirsich. Er saugt den Duft ein. Er war doch noch nie in Hamburg. Auch nicht in Bremen. Und Puttgarden? Wo ist das denn?

Wieder krächzen die Lautsprecher. Laut, leise, laut, leise. Als Kind hat Mika manchmal an der Straße gestanden und die Hände vor den Ohren bewegt, auf und zu, auf und zu, da hörte es sich auch so an.

»Die Wagons der ersten Klasse halten in den Abschnitten B und C.«

Sie bewegt den Kopf im Rhythmus der Musik. Ein wenig nur. *Ich heiße Mika.* Vielleicht schüttelt sie auch immer noch den Kopf. Die lachenden Weiber drücken die Zigaretten aus, die Alten ziehen an ihren Koffern.

Der ICE rollt in den Bahnhof, weiß mit einem roten Streifen. Die Lok hat einen Stachel. Und das Fenster ist ein riesiges Auge. Das Auge blinkt in der Sonne. Der Zug rollt lautlos, als hätte er gar keinen Motor. Man könnte nebenherlaufen, so langsam rollt der Zug, denkt Mika.

Er ist jetzt ganz nah bei ihr. Pfirsich. Das Zischeln der Musik. Sie geht zwei Schritte vor, bis an die weiße Linie. Der Bahnsteig, die Lok, alles verschwimmt jetzt vor Mikas Augen. Ihre Haare. Nur noch ein dunkler Fleck. Und der Zug? Ein weißer Schatten. Dann ist er taub, alle Geräusche verschwinden, nichts ist da als Licht und Schatten und vollkommene Stille.

Mika erwacht von den Schmerzen. Ein Brennen, heiß und böse, immer wieder. Eine Faust oder ein Fuß. Trifft ihn im Gesicht, Mund, Nase, Augen. Ein Schlag auf das Ohr. Mika weicht nicht aus. Lässt sie schlagen und treten. Da sind auch Stimmen.

»Hilfe, Hilfe!«

Jemand dreht ihm den Arm nach hinten.

»Du verdammtes Schwein, du dreckiges Schwein!«

Es knirscht in seiner Schulter. Noch ein Tritt.

»Mörder, dreckiger Mörder!«

Sie treten ihm in den Bauch. Jemand rotzt ihm ins Gesicht. Mika rollt sich zusammen, schmeckt das Blut.

»Lasst mich los!«, brüllt Mika.

Aber aus seinem Mund kommt nichts. Kein Ton. Liegt da auf dem Boden, sieht nur die Beine der Anderen. Und dahinter das Weiß des Zuges. Sie kriechen über den Bahnsteig, unter den Zug, zu der Ägypterin. Er wusste ja, dass sie sich nicht auf den Beinen halten kann. Kippte um wie eine Puppe. Als sei sie aus Luft. Der Zug rollte weiter. Rollte einfach weiter. Als sei nichts passiert.

Mika legt den Kopf auf die Arme. Jemand tritt ihm gegen den Ellenbogen. Der Zug steht da wie ein weißes Monster, denkt Mika. Da ist auch ihr Handy. Es liegt auf der weißen Linie. Es hat 16 MB.

Jemand reißt Mika herum, rollt ihn auf den Rücken, stemmt ihm die Knie auf die Brust. Der Andere stinkt nach Zwiebeln. Noch eine Faust. Dann läuft etwas Warmes über seine Wange.

Mika sieht hoch zu dem Dach überm Bahnsteig. Tauben flattern da herum. Auf dem Glas der Dreck von hundert

Jahren. Vielleicht hat Onkel Baris Recht, und in Pushkino ist es noch hässlicher als hier.

* * *

Michail Block (24) wird wegen Mordes an der Studentin Katherina Vollmer (19) aus Göttingen und wegen vorsätzlichen, gefährlichen Eingriffs in den Bahnverkehr zu einer lebenslangen Haftstrafe verurteilt.

DIE THERAPIE
(Karen & Malte)

Sie kann sich einfach nicht damit abfinden, allein aufzustehen, allein zu frühstücken. Sie ist ja ein Familienmensch. Nicht mal mehr allein Radio hören mag sie. Oder Zeitung lesen. Das Radio hat sie in die Abstellkammer getragen, das Zeitungsabo gekündigt.

»Geh«, hat sie zu Thomas gesagt, »geh aus meinem Leben!«

»Vielleicht hast du Recht, Heike«, hat er geantwortet.

Jetzt ist Dienstag, der 3. November. Also ist es fünf Wochen her. Bald werden über der Straße die Girlanden hängen. Vor den Weihnachtsgirlanden fürchtet sie sich. Weil es hier keiner ehrlich damit meint. Weihnachten ist zu sentimental für Berlin.

Wenn Heike Laitner an Weihnachten denkt, dann sieht sie den frischen Schnee auf den Bergen. Dann spürt sie die klirrende Kälte auf dem Weg zur Christmette, das Knirschen der gefütterten Stiefel im Schnee. Sie fühlt die Wärme des Kamins daheim, hört die Lieder, die sie mit den Eltern und mit Großmutter singt, mit den Schwestern, den Männern und den Kindern der Schwestern. Und da strahlt der Christbaum von den Lichtern, hängt voll mit Sternen, Äpfeln, Silberengeln und Lametta.

Wie soll das werden, wenn sie allein nach Hause kommt dieses Jahr? Das erste Mal ohne Thomas.

Sie hat ihm nachgeschaut, wie er seinen Koffer zog und zur S-Bahn ging. Er hat sich nicht mehr umgedreht, nicht mehr zurückgeblickt auf sie und vierzehn Jahre. Geweint hat sie nicht. Die Tränen, die wegen Thomas zu weinen waren, hatte sie da schon vergossen.

Der Regen fällt in dünnen Schnüren. Die Alten führen die Hunde aus und ducken sich unter Schirme mit der Reklame von Telefonfirmen und Krankenkassen. Die Schaufenster des türkischen Kiosks sind beschlagen. Ein paar Jungs sind von der Nacht übrig geblieben. Sie rauchen am Aufgang der S-Bahn. Rauchen und warten. Worauf, weiß Heike auch nicht.

Sie kann ins zweite Geschoss der Pension Constanze sehen. Touristen beim Frühstück, 7 Uhr 57. In einer Minute wird der Boxer in dem goldenen Bademantel die Straße überqueren. Sie weiß nicht, was der Mann wirklich macht. Aber Thomas und sie haben irgendwann beschlossen, dass der Mann im Bademantel Boxer ist. Und jedes Mal haben sie gelacht, wenn sie ihn sahen.

Wegen ihr sind sie nicht nach Berlin gezogen, ihr gefiel es in Traunstein. Manche zukünftigen Eltern mögen sich nicht vorstellen, dass ihre Kinder auf dem Spielplatz spielen, wo sie selbst schon gespielt haben, dass die Kinder in denselben Kindergarten, in dieselbe Schule oder in derselben Kirche zur Kommunion gehen. Ihr hätte das gefallen, wieso denn nicht?

Aber dann hat Thomas die Stelle kriegen können in Berlin. Berlin! Wie sich das angehört hat. Sie hat richtig Angst bekommen, als sie auf einmal nur noch von Berlin geredet haben. Aber was sollte sie denn machen? Sie wollte Thomas doch nicht die einmalige Chance verbauen. Der Thomas und die Heike gehen nach Berlin, sagten plötzlich alle. Dass die sich das trauen! Sie hat gar nicht mehr gewagt, was dagegen zu sagen.

Der Boxer läuft über die Straße, zieht die Tür der Droschke auf. Die Frühstückskneipe der Taxifahrer. Fünf oder sechs Taxen parken in zweiter Reihe davor.

Sie geht ins Bad, sieht in den Spiegel: achtunddreißig Jahre, verheiratet, getrennt, keine Kinder.

»Du wirst ganz sicher noch den Richtigen finden«, hat Annika am Telefon gesagt, »du bist doch die Hübscheste von uns.«

Den Richtigen. Die Hübscheste. Annika meint es ja gut. Vier Kinder hat Annika, Regina und Michaela je drei. Alles haben sie versucht, Thomas und sie, dass sie auch ein Kind bekommen. Waren bei einem halben Dutzend Ärzten deswegen, sind zweimal nach Belgien in eine Spezialklinik. Dreimal ist sie schwanger geworden, dreimal hat sie das Kind verloren. Dann hat die Ärztin gesagt, sie solle es nicht weiter probieren. Sie könne dran sterben.

Das war vor zwei Jahren. Danach hatten Thomas und sie sich kaum noch was zu sagen. Sie war sich sicher, er werfe ihr das vor, dass sie keine Kinder bekommen kann. Und irgendwie konnte sie es sogar verstehen. Das war es doch, was ihr an Thomas so gefallen hat, dass er mit vierundzwanzig sagte, das Größte für mich wär's, später mal einen Haufen Kinder mit dir zu haben.

»Dann lass uns ein Kind adoptieren, es gibt doch genug arme Kinder auf der Welt«, hat sie noch gesagt. Aber das wollte Thomas nicht. Und eines Tages hat er ihr gestanden, dass er eine kennengelernt hat, auf einer Fortbildung, dass er sich verliebt habe. Zu ihr ist er dann gezogen. Die wird sicher bald schwanger, denkt Heike. Da kommen ihr doch noch die Tränen.

Aber sie erlaubt sich nur ein paar, dann gibt sie sich einen Ruck, will nicht, dass der Tag so anfängt, so trist und verheult, was soll denn dann noch werden, aus solch einem Tag? Sie nimmt die Schminksachen, ganz sorgfältig, auch die Haare legt sie sich, und als sie damit fertig ist, denkt sie, dass Annika eigentlich Recht hat.

Als sie die Wohnungstür zuzieht, fällt ihr wieder ein, dass sie ein neues Türschild braucht. Heike Laitner. Da wohnt ja kein Thomas mehr.

Die S-Bahn ist bis auf den letzten Platz gefüllt, die Leute stieren in die Zeitung oder auf ihre Schuhe. Am Savignyplatz steigt ein junger, dunkelhäutiger Mann ein. Er hat eine Gitarre und singt Guantanamera. Er steht beinahe vor ihr, vor Heikes Sitz, das mag sie überhaupt nicht, wenn einer sie so falsch anschmachtet.

»Halt's Maul, du Arsch!«, schreit jemand von hinten.

Der Gitarrenspieler dreht sich um zu ihm. Als er sieht, dass es ein Tätowierter mit Irokesenfrisur ist, ein muskulöser Kerl, dem an den Ohrlappen wuchtige Ringe baumeln, nimmt er die Gitarre herunter. Heike mag das Singen in der S-Bahn auch nicht, auch keine Zauberer, Gedichteaufsager und Handaufleger. Allerdings auch keine Tätowierten.

Sie kramt in ihrer Geldbörse, zieht einen Fünf-Euro-Schein heraus, wirft ihn dem Sänger in die Kappe. Er bedankt sich mit einer lächerlichen Theaterverbeugung, dass Heike es schon bereut, ihm das Geld gegeben zu haben.

Jetzt fällt ihr auf, dass sie noch gar nicht an ihre Klientin gedacht hat. Vielleicht liegt es daran, dass sie die Frau gar nicht zur Klientin haben wollte. Sie hat sogar zu Seibert gesagt, dass sie lieber einen anderen Fall hätte, bloß nicht diesen.

»Heike, eine bessere als dich habe ich nicht für die«, hat Harald Seibert geantwortet.

Gestern Abend hat sie die Gerichtsakte der Wikus gelesen. Danach konnte sie nicht einschlafen.

Es ist 9 Uhr 30, als Heike Laitner an der Pforte ist. Dort wird sie schon von Frau Szielinsky erwartet. Frau Szielinsky riecht immer nach Flieder. Auf dem Gang ist der Geruch von Bohnerwachs stärker, aus den Zellen riecht es nach Kaffee und billigem Parfum. Frau Szielinsky sagt, dass sie den November nicht mag.

»Nirgendwo auf der Welt ist der November so grau wie in Berlin.«

Da sind sie auch schon an dem Büro, das sich neben dem Besprechungsraum befindet. Das Neonlicht flackert auf, es gibt zwei Schreibtische, den Überwachungsmonitor, ein Aktenregal, einen Gummibaum. Heike kann die Staubschicht im Gegenlicht sehen.

»Ich werde mir die Frau erst nur ansehen«, sagt Heike Laitner.

»Wie Sie wollen.«

»War sie irgendwie auffällig?«

»Die ist gar nicht richtig da«, sagt Frau Szielinsky, »aber die hat ja auch keine Seele.«

»Jeder hat eine Seele.«

»Die nicht.«

Die Häftlinge im Besprechungsraum wissen, dass man sie beobachtet. Die Kamera ist von außen schwenkbar. Das Bild auf dem Monitor hat ein fahles Schwarzweiß. Heike Laitner schwenkt die Kamera per Fernbedienung. Da ist die Liege. An der Wand darüber ein Poster. Das Wattenmeer. Zwei gedrungene Pferde ziehen einen Karren durch den Schlick. In einen Metallrahmen ist ein Fernseher eingelassen.

Die Frau hockt auf einem der beiden Stühle und betrachtet die Tischplatte. Seit dreizehn Monaten sitzt sie ein. Eine

Schaufensterpuppe säße genauso da, denkt Heike Laitner. Erst nach drei, vier Minuten streicht die Frau plötzlich mit der Hand über die Tischplatte und erhebt sich, so langsam allerdings, als sei ihr der eigene Körper zu schwer. Sie geht rückwärts, Schritt für Schritt, ohne nach hinten zu sehen, bis sie an der Liege ist. Im Setzen streicht sie eine Strähne aus der Stirn.

Dass sie es nicht mag, wenn sich jemand so langsam bewegt, denkt Heike Laitner. Aber es liegt an der Haft. In der Haft gewöhnen sich viele die Langsamkeit an.

»Es ist noch keine schneller aus dem Gefängnis gekommen, nur weil sie sich eilig bewegt«, sagt Frau Szielinsky und lacht, als könnte sie Gedanken lesen.

Heike Laitner hat einen neuen Klientenbogen angelegt. Name, Datum, Uhrzeit. Seite 1. Es werden noch viele dazukommen, denkt sie. Sie notiert die ersten Eindrücke, legt den Kugelschreiber zurück ins Etui. Wie ein Schmuckkästchen ist es gearbeitet, auf dem Deckel der geschwungene Schriftzug einer französischen Marke. Der Füllfederhalter und der Kugelschreiber darin sind aus schwarz glänzendem Edelharz, seitlich sind feine goldfarbene Fäden eingelassen.

Es ist das letzte Geschenk, das Thomas ihr gemacht hat. Das war im August, als sie Geburtstag hatte. Da hatte er schon die Andere, denkt sie.

Sie schreckt auf, als aus dem Lautsprecher des Monitors ein Krächzen kommt.

»Kann ich schauen?«, fragt Karen Wikus, die jetzt am Fernseher steht.

Heike Laitner nickt Frau Szielinsky zu. Im Besprechungsraum flimmert der Fernseher auf. Was dort zu sehen ist, kann Heike Laitner auf ihrem Monitor nicht erkennen. Aber sie hört Stimmen, eine leise Musik. Vormittags laufen die

Soaps mit Schauspielern, denen man ansieht, dass sie ihre Rolle als Beleidigung empfinden.

Die Frau lehnt sich auf der Liege zurück. In ihrem Gesicht ist Gleichgültigkeit. Auch das liegt an der Haft, denkt Heike Laitner. Dass die Menschen gleichgültig werden. Die Frau hat langes dunkles Haar. Sie trägt es seitlich gescheitelt, weit fließt es ihr über die Schultern. Ein breites Gesicht hat sie. Die Frau auf dem Monitor sieht älter aus, als sie ist. Am nächsten Mittwoch wird sie neunundzwanzig. Sie wird ihr ein Geschenk mitbringen. Vielleicht hilft es, Vertrauen zu gewinnen.

Heike Laitner schlägt die Akte auf, betrachtet die Bilder. Karen Wikus als Schulmädchen, als junge Studentin, im Badeanzug mit kokettem Lächeln, bei einer Familienfeier mit einem Sektglas. Dann ein Bild von der Verhaftung und Fotos von der ersten Vernehmung. Eine ganze Serie zeigt die Frau am Tatort. Statt des Schraubenziehers hat man ihr einen stumpfen Holzstab gegeben. Sie hält ihn mit spitzen Fingern, als wüsste sie nicht, wie man einen Schraubenzieher hält.

Auf allen Polizeifotos hat Karen Wikus ein überhebliches Lächeln. Es ist dasselbe Lächeln, das sie auch auf der Anklagebank trägt. Als sei sie geradezu belustigt von dem Prozess, von den Fernsehkameras, von dem Richter, dem Staatsanwalt und den Hinterbliebenen.

In der Akte sind auch Zeitungsausschnitte.

»Das Lächeln der Hexe bringt die Mütter im Gerichtssaal zum Weinen«, steht unter einem Foto.

Heike Laitner hält die Frau nebenan im Blick, die sich, ohne den Fernseher aus den Augen zu lassen, auf die Seite dreht. Das Licht des Fernsehers flattert über ihr Gesicht. Laitner überfliegt noch einmal den Lebenslauf. Karen Wikus wird in Karl-Marx-Stadt als einziges Kind der Eheleute

Herbert und Doris Wikus geboren. Herbert Wikus ist Fahrer bei der Nationalen Volksarmee. Als Karen sechs Jahre alt ist, kommt der Vater bei einem Autounfall in Rasskazovka bei Moskau ums Leben. Die Familie erhält eine Staatsrente. Mit neunzehn Jahren zieht Karen Wikus nach Erfurt. Nach drei Semestern als Studentin der Architektur wird sie von der Universität zwangsexmatrikuliert, da sie weder an einer Prüfung teilgenommen noch die geforderten Hausarbeiten erstellt hat. Ihrem Vermieter schuldet sie bis heute 1287 Mark.

Nach der Uni habe sie in Athen mit einem Autohändler namens Dimitros gelebt, sagt Karen Wikus später vor Gericht. An der Grenze nach Mazedonien sei ihr Freund bei einer Autoübergabe von Unbekannten erstochen worden. Sie selbst habe man vergewaltigt und mit einem Messer verletzt. Unter Schock sei sie tagelang umhergeirrt und habe sich von Beeren und rohen Kartoffeln ernährt. Auf Anfrage teilen die griechische und die mazedonische Polizei den deutschen Behörden mit, nichts von einer tödlichen Messerstecherei an der griechisch-mazedonischen Grenze zum fraglichen Zeitpunkt zu wissen.

In Thessaloniki habe sie dann Norman Callaghan getroffen. Mit dem Engländer sei sie weitergezogen nach Ios. Dort habe Callaghan ihr alles Geld gestohlen und sich abgesetzt. Sie sei kurz davor gewesen, sich umzubringen, gibt sie zu Protokoll. Dann sei ihr in einem Café Malte Grashoff begegnet.

Auf dem Monitor sieht Heike Laitner, wie sich Karen Wikus erneut von der Liege erhebt, wie sie schwerfällig zum Fernseher schlappt, auf ein anderes Programm umschaltet. Aus dem Lautsprecher kommen jetzt Meeresrauschen und das Schreien von Vögeln. Dann spricht eine sonore Männerstimme über die Vogelwelt Islands. Karen Wikus setzt sich auf die Liege, legt den Kopf auf die rechte Schulter. Jetzt ist der Anflug eines Lächelns auf ihrem Gesicht.

»Wann wollen Sie denn zu der reingehen?«, sagt Frau Szielinsky.

»Jetzt noch nicht.«

»Dann gehe ich mal in die Pause.«

»Guten Appetit!«

»Ich bin auf Diät.«

»Ach so.«

Sie betrachtet das Foto von Malte Grashoff. Ein attraktiver Mann, Basketballer, sicher zwei Meter groß, mit einem Siegerlächeln auf den Lippen. Malte Grashoff ist zwei Jahre jünger als Karen Wikus und studiert in Köln an der Sporthochschule. Im Sommer gibt er Surfkurse auf den Kykladen, im Winter jobbt er in Österreich als Skilehrer.

Was zwischen den beiden auf der Insel geschieht, darüber gibt es unterschiedliche Aussagen. Karen Wikus behauptet, sie und der Sportstudent seien ein festes Paar geworden. Sie hätten sich sogar spontan verlobt. Malte Grashoff hingegen spricht von einer kurzen Liaison. Er könnte auch einen unhöflicheren Ausdruck verwenden, sagt er der Polizei. Jedenfalls habe er Karen nach etwa vier, höchstens aber nach sechs Nächten gesagt, sie solle sich einen anderen Platz zum Schlafen suchen.

Sie sei dann auch für einige Tage verschwunden, und er habe gar nicht mehr an sie gedacht. Bis sie plötzlich wieder vor seiner Tür gestanden habe. Er habe sie weggeschickt, aber von da an sei sie jeden Tag gekommen. Mal habe sie ihn ordinär beschimpft, mal habe sie versucht, ihn zu schlagen, dann wieder habe sie ihn angefleht, sie doch bloß nicht zu verlassen. Und einmal sei sie in einem Strandrestaurant aufgetaucht, wo er mit Freunden beim Essen saß. Sie sei vor ihm niedergekniet, hätte sich die Bluse aufgerissen und geschrien:

»Hier, die gehören dir. Die wolltest du doch haben!«

Einige Tage später sei er dann mit einem dänischen Mädchen zu seinem Appartement gegangen. Es sei schon weit nach Mitternacht gewesen. Und dort, vor der Tür, habe Karen Wikus in einem Herz aus brennenden Kerzen gesessen. Sie habe versucht, der Dänin ins Gesicht zu schlagen, aber das habe er verhindern können. Noch an diesem Abend habe er beschlossen, Ios zu verlassen und nach Deutschland zu fliegen.

Das Verlassenwerden ist nie leicht. Vorgestern, am Sonntag, hat Thomas angerufen und gesagt, dass er wegziehe aus Berlin. Dass er in Hannover eine andere Stelle gefunden habe.

»Du lässt mich also in Berlin zurück?«

»Heike, bitte!«, hat Thomas gesagt. »Dann geh doch auch weg aus Berlin. Warum ziehst du nicht zurück nach Hause?«

»Gehst du mit der Anderen nach Hannover?«

»Quäl dich nicht, es hat doch nichts mit einer Anderen zu tun.«

»Also, gehst du nun mit der Anderen nach Hannover?«

»Ja«, hat er leise geantwortet, »aber ich möchte dir nicht weh tun damit, Heike!«

Sie hat dann aufgelegt. Weil er ihr weh getan hat. Mit seiner verfluchten Wahrheit. Was denn sonst? Ja, sie haben sich versprochen, dass sie sich nicht belügen. Dass sie lieber die Wahrheit ertragen wollen, und sei sie noch so grausam. Weil sie doch auch jeden Tag zu tun haben mit der Wahrheit. Sie sind doch beide Therapeuten. Wie oft hat sie ihren Klienten gesagt, dass sie die Wahrheit annehmen müssen, wenn es ihnen besser gehen soll? Hundert Mal? Tausend Mal? Aber das waren immer nur die Wahrheiten der Anderen, nie ihre eigenen.

»Wann geht das hier endlich los?«, sagt die Stimme aus dem Lautsprecher, »ich habe genug von der Warterei.«

Heike Laitner schreckt auf, sieht auf den Monitor. Die Frau blickt jetzt direkt in die Kamera.

»Ich bitte noch um einen Moment Geduld, Frau Wikus«, sagt Heike Laitner durch die Gegensprechanlage.

Karen Wikus dreht sich weg, betrachtet das Bild vom Wattenmeer. Dabei nickt sie. Nickt und nickt. Als hätte sie nichts anderes erwartet, als dass man eine wie sie warten lässt. Dann plötzlich lässt sie sich auf die Liege fallen, rollt sich zusammen, schiebt den Kopf zwischen die Arme. Und bewegt sich nicht mehr.

Frau Szielinsky kommt aus der Pause zurück und gähnt.

»Ich gehe jetzt zu ihr rein«, sagt Heike Laitner.

»Nehmen Sie sich bloß in Acht vor der, die ist doch abartig.«

»So was dürfen Sie nicht sagen. Sie ist ein Mensch. Wie Sie und ich, Frau Szielinsky.«

»So eine Sorte Mensch wie die bin ich nicht.«

»Vielleicht hat sie einfach nicht so viel Glück im Leben gehabt wie Sie oder ich.«

»Das nennen Sie Glück«, sagt Frau Szielinsky, »dass ich mein Leben mit all diesen perversen Weibern im Gefängnis verbringen muss?«

»Na gut«, sagt Heike Laitner, »aber Sie passen auf, ja?«

»Was denn sonst.«

Der Türöffner summt, Laitner betritt den Besprechungsraum. Erschreckend laut fällt die Tür ins Schloss. So oft war sie schon in diesem Raum, mit all diesen Frauen. Den Mörderinnen, den Giftmischerinnen, den Betrügerinnen. Der Raum hat nur gedeckte Farben. Sogar das Bild vom Wattenmeer ist blassblau und grünstichig. Die Wände sind in einem schmutzigen Ocker getüncht, auch die Decke. Der Tisch hat ein helles, undefinierbares Braungrau, ebenso die Stühle, der Boden ist mit grauem PVC ausgelegt.

Die Frau auf der Liege trägt einen verwaschenen Overall, der vielleicht einmal grün war. Sie hat helle, talgige Haut, die Haarfarbe stumpfes Brünett. So sehen die Frauen halt aus im Knast, denkt Heike Laitner, stumpf und talgig.

»Frau Wikus?«

Keine Reaktion. Bis auf einen halben Meter geht Laitner an die Liege heran, beugt sich ein wenig nach vorn. Die Augen der Wikus sind geöffnet, Laitner kann sie atmen hören.

»Frau Wikus, ich möchte mit Ihnen reden.«

»Worüber?«

»Über Ihre Zukunft.«

»Was gibt es da zu reden?«

»Eine ganze Menge vielleicht.«

»Ich habe ›lebenslänglich‹.«

»Damit ist das Leben nicht vorbei.«

»Wer sind Sie?«

»Ich rede erst mit Ihnen, wenn Sie mich ansehen.«

Langsam, sehr langsam, rollt Karen Wikus sich auf die Seite. Sie hat einen schwammigen Körper, sicher zehn, fünfzehn Kilo zu viel. Der Bauch und die Brüste hängen schlaff.

»Setzen Sie sich an den Tisch«, sagt Heike Laitner, »dann reden wir.«

Sie ist überrascht, dass Karen Wikus sofort aufsteht, ihr den Rücken zuwendet und zu dem Tisch geht. Plötzlich aber reißt sie den linken Arm hoch, macht eine schnelle Bewegung mit dem Oberkörper, schwingt den rechten Fuß aus, stützt den anderen Arm mit abgespreiztem Zeigefinger auf die

Hüfte. Es erinnert Heike Laitner an die Tänzerinnen in den Musikvideos. Aber im nächsten Augenblick schon verfällt Karen Wikus wieder der alten Trägheit. Lahm hebt sie den Arm, streicht sich die Haare aus der Stirn.

Sie will mich erschrecken, denkt Heike Laitner.

Sie nimmt den zweiten Stuhl, legt den Bogen mit den Notizen auf den Tisch, daneben das Etui mit den Stiften. Sie sagt, dass sie eine Therapie beginnen und sich jede Woche für zwei Stunden treffen werden. Karen Wikus hält den Kopf gesenkt. Dann plötzlich sieht sie auf, zum ersten Mal blicken sich die beiden Frauen an.

»Und wenn ich nicht will?«, sagt Karen Wikus.

»Das wäre ungünstig für Ihre Prognose.«

»Ich bin unschuldig«, sagt Karen Wikus und zieht die Lippen in den Mund hinein. Ihre Hände sind Fäuste geworden.

»Vielleicht sollten wir mit der Wahrheit beginnen«, sagt Heike Laitner. »Auch wenn wir sie manchmal nicht wahrhaben wollen.«

»Aber wenn es doch so ist, dass ich unschuldig bin.«

Dann fließen auch schon die Tränen. Sie hat schon so viele falsche Tränen gesehen, denkt Heike Laitner. Die Wikus will also ihr Mitleid, und zwar möglichst schnell. Sie macht das gut, besser als viele Filmschauspielerinnen. Die Tränen laufen nur so über die Wangen, der ganze Oberkörper vibriert. Heike Laitner fällt ein, was Malte Grashoff der Polizei gesagt hat.

»Sie konnte ohne Traurigkeit weinen und ohne Fröhlichkeit lachen.«

Immerhin, denkt Heike Laitner, hat es die Wikus geschafft, dem zwei Meter großen Malte so viel Angst einzujagen, dass er vor ihr flüchtet. Nach der Rückkehr aus Griechenland verliebt sich Malte Grashoff in eine Dozentin der Sporthochschule, Greta Fuhrer. Die Frau ist vier Jahre älter und hat einen zweijährigen Sohn. Gretas Eltern sind nach Mallorca gezogen und haben ihrer Tochter in Siegburg das Haus der Familie überlassen. Grashoff zieht bei Greta ein.

Nach wenigen Tagen klingelt dort das Telefon. Grashoff hört nur ein Atmen. Legt auf. Dann kommen immer mehr Anrufe. Meist ist da nur das Atmen, manchmal auch gar nichts. Grashoff hat natürlich eine Ahnung, aber Greta sagt er nichts, will sie nicht beunruhigen. Sie stellen das Telefon ab, einige Tage später klingelt dann Grashoffs Handy.

»Hat deine Hure ihrem Schatz verboten, ans Telefon zu gehen?«, sagt eine Frauenstimme.

Bevor Grashoff antworten kann, hat die Anruferin aufgelegt. Er ist sicher, dass es die Stimme von Karen Wikus war.

»Sind Sie fertig mit Ihrer Heulerei?«

Karen Wikus starrt noch immer zu Boden, setzt zwei, drei Atemzüge aus. Schließlich blickt sie auf, vollkommen ausdruckslos. Dann tritt ein Lächeln in ihr Gesicht. Es ist das Lächeln, mit dem sich Karen Wikus auch vor Gericht gezeigt hat.

»Du bist eine dreckige Sau«, sagt sie.

Heike Laitner sagt nichts. Behält Karen Wikus bloß im Blick. Die Frauen sehen sich an.

Einige Tage nach Karens letztem Anruf fährt Grashoff mit Gretas Sohn zum Supermarkt. Als er die Einkäufe in den Wagen legt, steht da plötzlich Karen Wikus.

»Das ist ja ein Zufall, dass wir uns hier treffen.«

»Du?«, sagt er.

»Freust du dich?«

»Was hast du hier verloren?«

»Ich wohne hier. Seit gestern erst. Eine schöne Stadt ist das«, sagt Karen Wikus.

»Du bist verrückt.«

»Ja«, sagt sie und streichelt dem Kind über den Kopf, »ich bin immer noch verrückt nach dir.«

»Nimm die Finger von dem Kind.«

»Können wir uns sehen?«

»Du bist wirklich verrückt«, sagt Grashoff und fährt davon.

Karen Wikus lächelt noch immer. Heike Laitner würde gerne aufstehen und gehen. So wie Malte Grashoff auf dem Parkplatz geflüchtet ist. Jetzt sofort, einfach gehen. Sie müsste ja nur den Knopf drücken, der sich unter der Tischkante befindet, dann würde Frau Szielinsky die Tür öffnen und es wäre vorbei.

Heike Laitner sieht an Karen Wikus vorbei aus dem Fenster. Hinter dem matten Glas sind die Gitterstäbe, dahinter ist eine mittelgraue Fläche. Vielleicht regnet es noch, vielleicht auch nicht.

»Ich würde Ihnen gerne helfen, Frau Wikus«, sagt sie schließlich, »dass sie nicht an sich selber verzweifeln eines Tages.«

Sie sagt es, weil es doch weitergehen muss mit der Therapie. Sie wird ja häufig beschimpft von den Frauen. Die schlimmsten Sachen hat sie sich schon angehört, vor allem bei den ersten Sitzungen. Wenn das Vertrauen noch nicht da ist. Aber diesmal ist es anders. Diesmal kann sie es nicht ertragen, dass eine wie die Wikus sich erlaubt, sie eine dreckige Sau zu nennen. Diesmal nicht.

Heike Laitner atmet ein, atmet aus. Ganz flach. Sie zählt bis zwanzig. Sie spürt ihren Puls. Vielleicht liegt es ja an Thomas, denkt sie dann, dass sie plötzlich so empfindlich ist. Wo er sie doch allein lässt in dieser verdammten Stadt. Allein mit Frauen wie der Wikus.

Die jetzt den Kopf schüttelt, immerzu den Kopf schüttelt. Die Wikus hält sich also für stärker, denkt Heike Laitner. Karen Wikus lehnt sich zurück, blickt zur Decke, schließt die Augen. Sicher eine Minute lang.

»Entschuldigen Sie vielmals«, sagt sie mit tonloser Stimme, »ich bin es nicht gewöhnt, dass sich jemand so um mich kümmert wie Sie.«

Schon wieder will sie überraschen, denkt Heike Laitner. Sie ist geschickt. Da kommt einer wie Malte Grashoff nicht mit.

»Schenk mir nur eine Stunde«, schreibt Karen Wikus Malte Grashoff aufs Handy, nachdem er von dem Parkplatz gefahren ist, »danach siehst du mich nie wieder.«

Längst ist Malte Grashoff in Panik. Kann kaum noch klar denken. Dass sie es gewagt hat, nach Siegburg zu kommen. Sie soll endlich verschwinden. Das ist sein einziger Wunsch. Verschwinden. Er hat Angst um Greta. Noch immer hat er ihr nichts gesagt. Kein Wort. Jetzt, wo sie schwanger ist, im vierten Monat. Jetzt doch erst recht nicht.

»Einverstanden, Frau Wikus«, sagt Heike Laitner, »ich nehme Ihre Entschuldigung an.«

»Danke. Soll nicht wieder vorkommen.«

»Würde mich freuen.«

»Und mich erst.«

»Warum haben Sie vorhin gelächelt, als Sie die Fernsehsendung über die Vögel angesehen haben?«

Jetzt schaut Karen Wikus überrascht. Ihre Augen werden schmal, sie streicht die Strähnen aus der Stirn, fasst dann mit beiden Händen nach hinten, rafft die Haare zusammen, rollt sie auf, lässt sie fallen.

»Vögel sind meine Lieblingstiere«, sagt sie schließlich.

»Was gefällt Ihnen an Vögeln?«

»Sie sind frei, sie fliegen hin und her, wohin sie auch wollen.«

»Haben Sie mal einen Vogel besessen? Als Kind vielleicht?«

»Ich hatte einen Wellensittich, er hieß Franzi. Den hat mir eine Nachbarin geschenkt, als Vati verunglückt ist.«

»Und? Hat der Vogel Sie getröstet?«

»Ich habe ihn nicht lange gehabt.«

»Ist er gestorben?«

»Meine Mutter war ja oft allein, weil Vati bei der Armee war. Und da hat sie sich Katzen angeschafft.«

»Aber Ihre Mutter hatte doch Sie. Da war sie doch nicht allein.«

»Ja, aber die Katzen waren meiner Mutter lieber.«

»Sind Sie sicher?«

»Wenn ich es sage.«

»Ihre Mutter hatte mehrere Katzen?«, fragt Heike Laitner.

»Ja, es waren etwa siebzig.«

»Ihre Mutter hatte siebzig Katzen?«

»Ja doch! Wir wohnten vor der Stadt. Unser Haus war mal ein Bauernhof. Da hatten wir genug Platz für die Katzen.«

»Und der Wellensittich?«

»Den haben die Katzen gefressen, was sonst? Sie haben nur noch ein paar Federn übrig gelassen.«

»Waren Sie sehr traurig?«

»Schon. Aber dass die Katzen den Franzi gefressen haben, war ja nicht das Schlimmste.«

»Was war denn das Schlimmste?«

»Dass ich nach Katzen gestunken habe, das war das Schlimmste.«

»Sind Sie verspottet worden deshalb?«

»Natürlich, was denken Sie denn? Katzensau, Katzensau, Katzensau, haben sie gerufen.«

Wieder rollt Karen Wikus die Haare auf, lässt sie fallen, rollt sie auf, lässt sie fallen. Stiert dann auf die Tischplatte. Siebzig Katzen. Heike Laitner ist nicht sicher, ob die Geschichte stimmt. Ob das überhaupt erlaubt war in der DDR? Sich siebzig Katzen zu halten. Karen Wikus hat sich nach vorn gebeugt, die Haare fallen ihr vor das Gesicht. Während Heike Laitner plötzlich den Gestank von Katzen in der Nase hat.

Katzensau.

Sie will Karen Wikus am Reden halten, fragt nach der Schule, nach den Eltern. Auch wenn sie das schon aus den Akten weiß. Die Antworten kommen langsam, wie in Zeitlupe. Aber es ist gut, wenn sie überhaupt spricht, denkt Heike Laitner.

Zwei Tage nach der Begegnung am Supermarkt fährt Malte Grashoff in die Friedrichstraße, wo Karen Wikus ein Appartement angemietet hat. Sie lässt ihn freundlich ein, scherzt über die leere Wohnung. Grashoff glaubt schon, dass vielleicht doch noch alles gut wird.

Sie hätten dann miteinander geredet, schon irgendwie verspannt, sagt Grashoff später der Polizei, aber Karen habe gesagt, sie wolle ihren Frieden mit ihm. Sie erkundigte sich nach seiner neuen Freundin, nach dem netten Kind. Eine große Last sei da von ihm abgefallen, sagte Grashoff, so freundlich sei das Gespräch verlaufen. Weshalb er sogar erzählt hat, dass seine Freundin schwanger ist. Karen habe ihn dann umarmt, habe ihm gratuliert. Und dann habe er gesagt, jetzt müsse er aber nach Hause.

Worauf etwas Unglaubliches passiert sei. Plötzlich habe sich Karen die Kleider vom Leib gerissen, sich auf die Matratze geworfen und gerufen:

»So, und jetzt machst du mir auch ein Kind!«

Wie erstarrt sei er gewesen, richtig schockiert habe ihn das. Karen habe dann so seltsam gelächelt. Bis sie irgendwann aufgesprungen sei und ihn geschlagen habe. Er habe sich zuerst gar nicht gewehrt. Aber sie habe ihn immer weiter geschlagen, gegen die Brust, gegen den Kopf, ins Gesicht. Und da habe er zurückgeschlagen. Ein einziger Schlag nur. Karen sei zusammengesackt und hätte nur noch gewimmert. Da sei er aus der Wohnung gestürmt und im Auto seien ihm die Tränen gekommen, so aufgewühlt sei er gewesen.

Heike Laitner schreckt auf, weil Karen Wikus aufgehört hat zu sprechen. Sie nimmt den Kugelschreiber, lässt ihn über das Papier gleiten, ohne etwas zu schreiben.

»Sie hören mir gar nicht zu, oder?«, fragt Karen Wikus.

»Wie kommen Sie denn darauf?«

»Dachte ich halt.«

»Ich denke über Sie nach«, sagt Heike Laitner.

»Ich bin Ihnen unsympathisch, stimmt's?«

Ja, müsste sie sagen, denkt Heike Laitner. Wenn sie bei der Wahrheit bliebe. Die Wahrheit lautet ja, ja, ja!

»Es geht nicht darum, ob ich Sie sympathisch finde, Frau Wikus.«

»Worum geht es denn?«

»Ich stelle hier die Fragen.«

»Ach so«, sagt Karen Wikus.

Sie erhebt sich, verharrt einen Augenblick, als sei ihr schwindelig. Dann schlurft sie zu dem Fenster, sieht durch die Gitterstäbe nach draußen.

»Denken Sie noch oft an Malte Grashoff?«

»Warum sollte ich?«

»Ich dachte, Sie haben ihn geliebt.«

»Er wollte mich ja nicht«, sagt sie zu den Gitterstäben.

»Trotzdem kann man jemand noch mögen. Auch wenn der Andere einen nicht mehr will.«

»So eine bin ich nicht. Wenn mich einer nicht will, dann will ich ihn auch nicht.«

Heike Laitner ist müde. Sie mag das alles nicht mehr hören. Sie wünscht sich, es wäre Dienstschluss und Thomas würde unten vor dem Tor stehen. Oft hat er dort auf sie gewartet, hat sie in den Arm genommen, wenn sie leer von den Gesprächen mit den Frauen aus dem Gefängnis kam. Und nachts, wenn sie hochschreckte, weil sie von den Frauen geträumt hat, von der Gewalt, dem Schmutz und der Herzlosigkeit, dann hat sie Thomas geweckt. Und er hat sie getröstet.

»Sie sagen nicht die Wahrheit, Frau Wikus. Die Wahrheit ist, dass Sie sich nicht damit abfinden können, wenn einer Sie nicht mag.«

Heike Laitner weiß, es ist falsch, das zu sagen, jetzt, wo noch kein Vertrauen zwischen ihnen herrscht.

Karen Wikus nickt. Nickt die Gitterstäbe an. Hört gar nicht auf zu nicken. Dann dreht sie sich langsam um. Heike Laitner lässt sich überraschen, welches Gesicht ihre Klientin jetzt macht.

Es ist das Lächeln, das unerträglich überhebliche Lächeln.

»Mit dir Fotze rede ich doch gar nicht«, sagt Karen Wikus.

Immer hat sie Mitleid mit den Frauen im Knast gehabt, denkt Heike Laitner. Ungeliebte Frauen sind das, geprügelt, misshandelt, vergewaltigt, bevor sie zur Mörderin, Totschlägerin oder Giftmischerin wurden. Vielleicht hätte sie mit Karen Wikus auch Mitleid gehabt. Wegen der Mutter, die sich lieber siebzig Katzen hält, als ihr eigenes Kind zu lieben. Oder wegen des erstochenen Griechen, wegen der Vergewaltigung, wegen des Engländers, der sie ausgeraubt hat. Oder wegen

Malte Grashoff, der sie auch nur benutzte und sie dann aus der Wohnung warf.

»Ich mag es nicht, wenn Sie mich so nennen, Frau Wikus, das habe ich Ihnen vorhin schon gesagt. Und jetzt setzen Sie sich wieder auf den Stuhl!«

Heike Laitner wundert sich über ihren eigenen Ton.

»Dann entschuldigen Sie bitte meine Wortwahl«, sagt Karen Wikus auf einmal wieder kleinlaut.

Sie hat das Lächeln aufgegeben, schlurft die drei, vier Schritte zurück zum Tisch. Hunderte von E-Mails, Briefen und SMS hat sie Malte Grashoff geschrieben. Dass er sie vernichtet, zerschmettert, vertilgt hat, dass er sie bloß benutzt habe. Dass sie nur noch Abscheu, Ekel und Hass für ihn empfinde.

»Und zum Dank für alles kriegt deine schmierige Hure das Leben, das mir gehört.«

Eine endlose Litanei von Beschimpfungen, akribisch aufgelistet in der Akte. Kaum zu glauben, denkt Heike Laitner, dass diese Frau, die sich bewegt wie eine Greisin, die Energie aufbrachte für all diesen Hass.

Als Grashoff von dem Treffen mit der Wikus nach Hause kommt, sagt er Greta, was passiert ist. Nach wenigen Tagen geht es weiter mit den Briefen, den Anrufen, den E-Mails, den Nachrichten auf seinem Handy. Grashoff schaltet die Polizei ein, eine Beamtin redet mit Karen Wikus, aber an ihrem Verhalten ändert das nichts.

Schließlich zieht Grashoff mit Greta, die da schon im siebten Monat schwanger ist, aus Siegburg fort. Nicht einmal ihren Freunden sagen die beiden, wohin sie gehen. Grashoff löscht seine E-Mail-Adresse, besorgt sich eine neue Handynummer. Greta und Malte ziehen nach Mallorca, zu Gretas Eltern, deren Finca sich im Landesinneren, in einem dünn besiedelten Landstrich, befindet. Grashoff arbeitet als Tennislehrer, organisiert Motorradtouren für Touristen und gibt Kletterkurse.

Karen Wikus lässt sich auf den Stuhl fallen, legt die Hände mit ausgestreckten Fingern auf den Tisch.

»Ich weiß nicht, ob ich Ihnen noch irgendwas entschuldigen möchte«, sagt Heike Laitner.

Vielleicht sollte sie Harald Seibert sagen, dass sie den Fall abgibt. Dass sie Aggressionen gegen die Klientin hat. Dass sie ihr deshalb nicht helfen kann. Vielleicht sollte sie Harald sagen, dass sie gar keine Klienten mehr will. Dass sie weggeht aus Berlin. So wie es Thomas gesagt hat. Sie könnte nach Hause gehen, zu ihren Schwestern, zu den Eltern. Vielleicht kann sie sich selbstständig machen, eine Praxis eröffnen. Warum denn nicht? Und was hat ihre kleine Schwester gesagt? Du bist doch die Hübscheste von uns, du findest schon noch den Richtigen.

»Dann bitte ich nochmals um Entschuldigung«, sagt Karen Wikus.

Vielleicht hat Frau Szielinsky Recht, denkt Heike Laitner, und die Wikus ist wirklich ein Mensch ohne Seele.

»Das Lächeln der Hexe bringt die Mütter im Gerichtssaal zum Weinen.«

Drei Monate leben Malte Grashoff und Greta auf Mallorca, als er plötzlich wieder Nachrichten von Karen Wikus aufs Handy bekommt. Sie bettelt oder schimpft. Inzwischen hat Greta das Kind geboren. Ein Mädchen, Leona. Als Grashoff eines Tages zu der Tennisanlage kommt, auf der er Trainerstunden gibt, glaubt er, Karen Wikus auf der Straße gesehen zu haben. Sofort kehrt er um. Eine Woche verlässt Malte die Finca der Schwiegereltern nicht. Aber nichts geschieht.

Grashoff gibt wieder Tennisstunden, hält Kletterkurse ab

und zeigt Touristen die Insel. Über Wochen geht das. Malte glaubt noch einmal, Karen in der Nähe eines Supermarktes gesehen zu haben. Aber sicher ist er sich auch diesmal nicht.

23. Oktober, die Saison neigt sich dem Ende zu, aber noch ist es sommerlich warm. Greta begleitet Malte mit den Kindern zu der Tennisanlage, wo er dienstags zwei Schüler hat. Die Anlage ist erst vor wenigen Wochen eröffnet worden, sie ist idyllisch gelegen, auf einem Felsplateau, fünfundzwanzig Meter oberhalb der Bucht. Die Tennisspieler haben einen fantastischen Blick auf den Fischerhafen und das Meer.

Greta stellt den Kinderwagen in den Schatten eines Olivenbaumes. Das ältere Kind spielt in einer Sandkiste. Greta setzt sich auf eine Parkbank. Vom Tennisplatz hört sie das gleichmäßige Ploppen der Bälle und die Stimmen von Malte und den Schülern. In der letzten Nacht hat Greta kaum geschlafen, so oft hat das Baby geweint. Jetzt schließt sie die Augen und nickt ein.

Zehn Minuten später wird das Baby am Fuße des Felsplateaus zerschmettert aufgefunden. Das ältere Kind liegt erstochen in der Sandgrube. Die Tatwaffe wird die Polizei später neben dem Clubhaus in einem Gebüsch finden. Es handelt sich um einen Schraubenzieher, der kurz vor der Tat in einem Supermarkt gekauft wurde.

Greta erwacht vom letzten Schrei ihres Sohns. Sie sieht eine Frau, die ihre langen dunklen Haare zu einem Pferdeschwanz gebunden hat und davonläuft. Erst dann bemerkt Greta das leblose Kind in der Sandgrube. Das Baby liegt nicht mehr im Kinderwagen.

Greta erleidet einen Nervenzusammenbruch. Auch zwei Jahre nach der Tat befindet sie sich noch in psychiatrischer Behandlung. Zeitweise werden die Angstzustände so stark, dass sie stationär betreut werden muss. Malte Grashoff kümmert sich rührend um Greta. Doch Freunde beschreiben ihn als gebrochenen Mann. Gretas Eltern verkaufen die Finca und beziehen mit Greta und Malte ein Haus in der Nähe von Bremen.

Karen Wikus wird dreieinhalb Stunden nach der Tat am Flughafen von Palma de Mallorca verhaftet. Der Polizist, der sie festnimmt, sagt später, die Frau habe gelacht, als er ihr die Handschellen angelegt hat. Ihm hingegen seien die Tränen gekommen, wegen der toten Kinder.

»Was ist jetzt«, fragt Karen Wikus, »nehmen Sie meine Entschuldigung an?«

Noch einmal breitet sich auf ihrem Gesicht das Lächeln aus. Das Lächeln, das die Mütter zum Weinen bringt. Natürlich müsste sie jetzt nach den siebzig Katzen fragen, denkt Heike Laitner, sie müsste nach der Mutter fragen, nach dem Vater. Aber sie hat eine andere Frage.

»Warum haben Sie den armen Kindern das angetan?«

Heike Laitner fragt es, obwohl sie weiß, dass das keine Therapeutinnenfrage ist. Aber es ist die einzige Frage, die sie hat. Weil sie immerzu an die Gesichter der Kinder denken muss, an das Baby und den kleinen Jungen, an die lachende Mutter und den stolzen Malte.

Heike Laitner hat nur die Bilder angeschaut, auf denen die Kinder noch leben. Die Bilder von den toten Kindern sind in einem gesonderten Umschlag in der Akte. Dass niemand die Fotos zufällig ansehen muss, der das gar nicht erträgt.

»Dann sollen sie sich doch neue Kinder machen«, sagt Karen Wikus, »bei einer Hure wie der geht das schnell. Beine breit und schon ist der Bauch dick! Und ich soll …«

Noch nie hat Heike Laitner jemanden geschlagen. In ihrem ganzen Leben nicht. Aber jetzt stemmt sie sich vor, alle Kraft nimmt sie zusammen und schlägt ihre Faust in das Lächeln. Sie will dieses Lächeln nicht mehr sehen. Karen Wikus soll den Mund halten, sie soll jetzt still sein! Laitner schlägt so heftig, dass der Wikus der Kopf nach hinten wegknickt. Aber sie kommt schnell wieder hoch, das Lächeln ist jetzt verschwunden, da ist nur noch ein ungläubiges Staunen.

Im nächsten Augenblick schon spürt Heike Laitner einen hellen, schneidenden Schmerz, als Karen Wikus ihr den Tisch gegen die Hüfte stößt. Der Stoß ist heftig, nimmt der Therapeutin die Luft. Sie versucht, sich an der Tischkante festzuhalten, kriegt sie aber nicht zu fassen, der Stuhl rutscht unter ihr weg, sie kommt auch nicht an den Knopf, um nach Frau Szielinsky zu schellen.

Karen Wikus rinnt das Blut aus der Nase, es läuft ihr auf die Oberlippe, tropft. Sie ist jetzt aufgestanden, ihre Bewegungen sind viel schneller geworden, sie macht ein, zwei Schritte auf Heike Laitner zu, die gebückt dasteht, mit einem einzigen Stoß schiebt Karen Wikus den Tisch zur Seite, noch ein Schritt, dann holt sie aus, ganz nah ist sie jetzt bei der Therapeutin.

Aber bevor sie zuschlagen kann, bevor Karen Wikus Heike Laitner ihrerseits ins Gesicht schlägt, gerät sie ins Wanken, sie schwankt, sucht nach Halt, will sich an den Tisch klammern, den sie gerade weggestoßen hat, will den Stuhl greifen, aber sie rutscht ab, und schließlich stürzt ihr massiger Körper zu Boden, zuerst schlägt sie mit der Schulter auf, dann fällt sie auf die Hüfte, dreht sich auf den Rücken. Sie ächzt, ein tiefes, dumpfes Stöhnen, dann spuckt sie einen Schwall Blut.

Der Kugelschreiber steckt in dem T-Shirt, im Bauch von Karen Wikus, unter ihrer Brust.

Im ersten Augenblick denkt Heike Laitner, sie müsste ihn herausziehen, er ist doch ein Geschenk von Thomas. Das letzte, das er ihr gemacht hat. Der Stift war sicher teuer, ein

Designerstück. Sie kann doch nicht ihr Geburtstagsgeschenk dort stecken lassen, im Bauch der Wikus.

Jetzt fliegt die Tür auf. Die Frau Szielinsky sieht ganz aufgeregt aus. Sie legt Heike Laitner den Arm um die Schulter, presst sie an sich. Frau Szielinsky riecht nach Flieder.

»Ich habe es auf dem Monitor gesehen«, sagt Frau Szielinsky, »ganz genau habe ich es gesehen. Es war Notwehr.«

»Ja«, sagt Heike Laitner, »das war es.«

* * *

Die Strafgefangene Karen Wikus kann trotz des Blutverlustes, den sie durch den Stich mit dem Kugelschreiber erleidet, gerettet werden. Die Spitze des Kugelschreibers verfehlt die untere Hohlvene des Herzens um eineinhalb Zentimeter. Ein Unfallarzt, der sich wegen des versuchten Suizids einer Gefangenen zufällig in dem Frauengefängnis befindet, leitet die notwendigen Rettungsmaßnahmen ein. Nach der Behandlung im Justizvollzugskrankenhaus Berlin-Plötzensee wird Karen Wikus in die Justizvollzugsanstalt für Frauen in Vechta verlegt, wo sie ihre lebenslange Haftstrafe verbüßt.

Das Ermittlungsverfahren der Staatsanwaltschaft Berlin zum Hergang des Vorfalls in der Besprechungszelle wird nach den Aussagen von Heike Laitner und von Justizvollzugsbeamtin Hannelore Szielinsky eingestellt. Der Behauptung von Karen Wikus, sie sei von der Therapeutin Heike Laitner geschlagen worden, schenkt die Staatsanwaltschaft keinen Glauben.

Heike Laitner gibt ihre Anstellung in Berlin auf. Sie zieht nach Traunstein und eröffnet dort eine Praxis als Psychotherapeutin. Im darauffolgenden Jahr heiratet sie einen Tierarzt aus Ruhpolding. Die Ehe bleibt kinderlos.

KLASSENTREFFEN
(Ute & Axel)

Kommissar Hans-Peter Feghelm ist 53 Jahre alt und mit der Zeit ein vorsichtiger Mensch geworden. Ohne das leiseste Geräusch zu verursachen, schleicht er bis an die Wohnungstür im ersten Obergeschoss. Die Kommissaranwärterin Stefanie Gehlhaus sichert ihren Chef mit gezogener Dienstwaffe. Vielleicht etwas zu viel der Vorsicht, denkt Feghelm, als er das Ohr an die Wohnungstür legt. Vielleicht aber auch nicht.

Im Treppenhaus schweben Muffigkeit und Stille. Aus der Wohnung kein Geräusch. Von der Hiltroper Straße dröhnt eine Straßenbahn. Feghelm tritt einen Schritt zurück. Plötzlich ist da ein Rasseln, von einer Kette vielleicht. Feghelm fährt herum, Gehlhaus zielt mit der Waffe auf das Geräusch.

»Was schnüffeln Sie hier herum?«, sagt einer, den Feghelm auf siebzig Jahre schätzt.

Aus der Tür des Alten weht ein Schwall Bratenfett in den Flur. Das Hemd ragt ihm über den mächtigen Bauch. Zwischen Hemdsaum und Hosenbund schwabbelt ein handbreiter Streifen behaarter Wampe.

»Gehen Sie in Ihre Wohnung«, sagt Feghelm.

»Was willst du denn!«

»Sie sollen in Ihre Wohnung gehen!«

»Ich hole jetzt die Polizei.«

»Wir sind die Polizei.«

»Das kann jeder sagen.«

Stefanie Gehlhaus zeigt dem Alten die Dienstmarke.

»Warum nicht gleich so«, sagt er und zieht die Tür zu.

Gegenüber drückt Feghelm die Schelle. In der Wohnung von Ute Lennardt ertönt ein leises metallisches Surren. An der Tür hängt eine Strohpuppe am Nagel. Sie ist von einer feinen Staubschicht überzogen. Feghelm schellt noch einmal, klopft, ruft Ute Lennardts Namen – keine Antwort. Als er die Tür aufbricht, schlägt ihm ein modriger, süßlicher Geruch entgegen.

Wie oft schon war er in Wohnungen wie dieser? Die Stadt scheint fast nur aus solchen Wohnungen zu bestehen. Zwei oder drei Zimmer, Küche, Diele, Bad. Dazu ein Balkon, auf den gerade mal zwei Klappstühle passen.

Alles hat seinen festen Platz. Einfache, abgenutzte Möbel, aus der Mode geratene Lampen, ein vertretener Teppichboden. In der Küche liegt Linoleum aus. Und überall die Strohpuppen. An den Wänden, im Wohnzimmer, in der Küche, auf dem Sofa. Es gibt auch noch einen alten Fernseher, ein schmales Bücherregal, einen Setzkasten. Und Topfblumen. Im Bad Armaturen aus den 70ern, graue und gelbe Kacheln bis hoch unter die Decke.

Die penible Ordnung wird zerstört durch den Küchenstuhl, der da am Boden liegt. Die Füße des Stuhls haben über die Jahre Dellen ins Linoleum gedrückt. Überall Zucker. Auch der Zuckerstreuer ist zerbrochen. Und die Schublade! Ihr Inhalt liegt über den Boden verteilt. Ein Schlüsselbund, ein blaues Sparschwein mit dem Logo der Sparkasse, Weihnachtsservietten, rote Einmachgummis, ein Sammelalbum der Bundesligasaison 2004/2005.

Sie sind jetzt an der Schlafzimmertür. Feghelm ist auf jeden Anblick vorbereitet. Er nickt seiner Kollegin zu, dann reißt er die Tür auf. Auf dem Bett liegt ein regloser Körper mit ausgebreiteten Armen und Beinen. Als sei er rücklings vom Himmel gefallen. Er trägt Sportschuhe. Nicht unter Größe 45, schätzt Feghelm. Im Schritt der Leiche ein dunkler, getrockneter Fleck. Das Shirt war vielleicht mal weiß, jetzt ist es schmutzig gelbgrau.

Der Kopf steckt in einem Motorradhelm. Auf dem Helm steht Hellraiser. Das Visier ist tiefschwarz und nach unten geklappt. Während der Helm absurd weit nach hinten gedreht ist. Als hätte da einer versucht, vor dem Tod noch einen letzten Blick auf seinen Rücken zu werfen. Feghelm ist kein Gerichtsmediziner. Aber er weiß, dass kein Mensch den Hals so weit verdrehen kann. Vorsichtig öffnet Feghelm das Visier des Helms. Die Leiche blickt so traurig, dass er das Visier gleich wieder zuklappt.

Die Ermittlungen führen fast auf den Tag genau sieben Monate zurück auf ein unspektakuläres Ereignis. Am 14. Mai 2005 treffen sich in Bochum die ehemaligen Schüler des Jahrgangs 1982/83 der Fachoberschule für Handel, die im Jargon der Schüler FOHA heißt, zu einem Klassentreffen. Beinahe ein Jahr lang hat die ehemalige Klassensprecherin Angelika Dörfel den Verbleib der Klassenkameraden recherchiert. Die Abgangsklasse hatte dreiundzwanzig Schüler. Zwei von ihnen konnte Angelika Dörfel nicht ausfindig machen, eine Mitschülerin war tödlich verunglückt. Von den restlichen Klassenkameraden kommen schließlich sechzehn.

Das Klassentreffen findet im Gesellschaftszimmer der Gaststätte »Zur Mühle« statt. Ewald Podzun, der Pächter, sagt, es gebe Klassentreffen, die in hemmungslosen Saufereien endeten. Aber bei diesem Treffen sei alles gesittet zugegangen.

Angelika Dörfel sagt aus, Axel Straub habe sich 1983 nach Westberlin abgesetzt, um der Einberufung zur Bundeswehr zu entgehen. Da sie Axels Adresse nicht gekannt habe, sei sie zu dessen Eltern gefahren, die ihr versprochen hätten, die Einladung an Axel weiterzuleiten. Sie solle sich aber nicht allzu viele Hoffnungen machen, Axel sei ja seit zehn Jahren nicht mehr in Bochum gewesen. Axels Mutter habe dann zu weinen angefangen.

Zu ihrer Überraschung sei Axel dann aber doch in der »Mühle« erschienen, sogar einige Minuten zu früh. Er habe allen die Hand geschüttelt, ausführlich geredet habe er aber nur mit Ute Lennardt.

»Als hätten die sich gerade erst kennengelernt«, sagt Stefan Krachten.

Dabei habe Axel doch während der Schulzeit kein Wort mit Ute gewechselt, sagt Dieter Flömer. Die Ute sei ja die graue Maus der Klasse gewesen, schon wegen der altmodischen Kleider und der Omafrisur.

»Ich weiß gar nicht, warum so eine zu einem Klassentreffen geht«, sagt Elke Gerlach, »die kann doch unmöglich irgendeine positive Erinnerung an die FOHA gehabt haben.«

»Und was war mit den Jungs?«, fragt Feghelm. Da lacht Elke Gerlach.

»Ute hieß doch bei uns die ewige Jungfrau!«

Das hält Michael Krumnow für einen Erinnerungsfehler. Er sagt, Ute Lennardt habe einen anderen Spitznamen gehabt. »›Die schweigende Minderheit‹ haben wir immer gesagt.«

»Der Axel war das genaue Gegenteil davon. Ein richtiger Sunnyboy!«, sagt Elke Gerlach.

Alle Mädchen hätten für Axel geschwärmt, sagt Angelika Dörfel. Sie zeigt Feghelm ein Foto von der Abschlussfahrt der 12 B nach Texel. Auf dem Foto hat Straub blonde Locken, im Gesicht das Sunnyboylächeln, und im Arm hält er mit lässiger Geste Angelika Dörfel.

»Sie werden sich vielleicht fragen, ob ich mit Axel geschlafen habe, Herr Kommissar«, sagt sie. »Ja, das habe ich!«

Am Ende des Klassentreffens, sagt Helga Kleinert, seien Ute und Axel plötzlich verschwunden gewesen. Einige hätten noch darüber gelacht. Jürgen Wenzel gibt an, er habe die beiden vom Toilettenfenster aus gesehen, wo sie bei einem Motorrad standen.

Feghelm und Gehlhaus sehen die Tagebücher, Briefe und Notizen Ute Lennardts durch. Aus einem von ihr verfassten Gedicht mit dem Titel »Weißer Tag« schließen die Polizisten, dass Ute Lennardt und Axel Straub nach dem Klassentreffen höchstwahrscheinlich Geschlechtsverkehr hatten. Ute Lennardt umschreibt dies als den »hellsten Moment meines Lebens«. Im Tagebuch findet sich auch eine mit kindlicher Naivität verfasste Geschichte vom Zusammentreffen einer Frau und eines Mannes, die sich als Schüler liebten und sich Jahrzehnte später wiedersehen.

Am 22. Mai 2005, also eine Woche nach dem Klassentreffen, schreibt Ute Lennardt in ihr Tagebuch:

»A. ist sehr, sehr böse! A. lacht, weil ich ihn immer noch liebe. Seit FOHA. Immer, immer. Widerl. Lachen. Widerlich! Habe A. drei Tabl. gegeben. Schläft! Sieht süß aus! I. l. y!«

In der Wohnung werden Klinikpackungen von Schmerzmitteln, Psychopharmaka und sogar Morphium gefunden. Offenbar hat sich Ute Lennardt die Medikamente illegal aus den Städtischen Kliniken beschafft, wo sie als Verwaltungskraft auf der Inneren Abteilung beschäftigt war. Laut Personalakte gab sie nie Anlass zu Klagen.

Oberarzt Dr. Harald Straschitz sagt jedoch, seit Anfang Juni habe Frau Lennardt ihre Arbeit vernachlässigt. Sie habe Operationstermine vergessen, Zimmer doppelt oder gar nicht belegt, Patientennamen und Laborberichte vertauscht.

Als er sie zur Rede gestellt habe, habe sie nur die Lippen zusammengepresst. Eine Antwort habe sie nicht gegeben, sondern nur immer wieder den Kopf geschüttelt. Und dann sei sie aus seinem Büro gegangen.

»Ich dachte noch, die geht wie eine Schlafwandlerin«, sagt Straschitz. Am nächsten Tag sei dann die Krankmeldung eingegangen.

Ihre Kollegen sagen über Ute Lennardt, sie habe sich mit den Jahren immer mehr zurückgezogen. Oberschwester Ilona Schenker fällt ein, dass Ute Lennardt ein recht merkwürdiges Hobby hatte. Sie sei verrückt gewesen nach Fußballbildern. Oft sei sie zu der Kinderstation gelaufen, um mit den Kindern dort Klebebilder zu tauschen.

»Wenn sie das Heft voll hatte, dann war sie richtig glücklich.«

Einmal, erinnert sich der Pfleger Bertram Siebel, habe eine Schwesternschülerin sie arglos gefragt, ob sie eigentlich verheiratet sei.

»Was fällt dir ein, du dreckiges Maul!«, habe sie gerufen und sei wutentbrannt aus dem Raum gelaufen. Alle hätten gelacht.

In Osnabrück macht Stefanie Gehlhaus Ute Lennardts Zwillingsschwester ausfindig. Sie ist mit einem Fleischermeister verheiratet, die Vernehmung findet im Büro der Metzgerei statt. Ulrike Dahlboven sagt, sie und ihre Zwillingsschwester seien seit Jahrzehnten zerstritten. Nicht einmal zur Beerdigung ihrer Mutter sei Ute erschienen.

»Hatte das einen bestimmten Grund?«

»Ute fühlte sich von Mutter schlecht behandelt.«

»Und«, sagt Feghelm, »war es so?«

Ulrike Dahlboven sieht aus dem Fenster. Sie ist eine rundliche, freundliche Frau mit rosigen Metzgerwangen.

»Ja, das war so«, sagt sie, »Vater war auf Utes Seite, Mutter auf meiner. Als Vater starb, war Ute allein.«

»Gab es einen Grund, weshalb Ihre Mutter Ihre Schwester nicht mochte?«

»Mutter hat mal gesagt, der liebe Gott kann doch nicht wollen, dass ich mein eigenes Kind hasse. Aber es ist nun mal so.«

Die Befragung von Ute Lennardts Nachbarn ergibt, dass sie offenbar keine Kontakte unterhielt. Keine Freunde, keine Verwandten, keine Kollegen. Sie habe auch nicht gegrüßt. Köster, der Etagennachbar, gibt zu Protokoll, die Lennardt habe in letzter Zeit häufig schwere Einkaufstaschen nach Hause getragen.

»Komisch, habe ich gedacht, dass eine plötzlich so viel zu essen braucht, die doch nur eine Mücke auf zwei Beinen ist.«

Nach der Auswertung aller Befragungen und Spuren stellt Feghelm diese Theorie auf: Lennardt und Straub fahren von dem Klassentreffen mit dem Motorrad zu ihrer Wohnung. Dort kommt es zum Geschlechtsverkehr. Ute Lennardt sagt Axel Straub, dass sie ihn immer noch liebe. Er lacht und will verschwinden. Irgendwie schafft sie es, Straub ein Medikament zu geben, das ihn wehrlos macht. Sie fesselt ihn mit einer Wäscheleine und hält ihn in der Wohnung fest.

»Sieben Wochen lang?«, fragt Gehlhaus. »Und keiner soll ihn vermisst haben?«

Sie fahren zu Straubs Eltern. Straubs Mutter hat eine Migräneattacke. Straubs Vater, ein eingesunkener, achtundsiebzigjähriger Mann, sagt, sein Sohn habe eine Jugend verlebt, in der es ihm an nichts gemangelt habe.

»Vielleicht haben wir ihn sogar ein bisschen zu sehr verwöhnt.«

Im Alter von vierzehn wird Axel mit Drogen erwischt.

Zunächst Haschisch, später kommen Verfahren wegen des Besitzes von LSD, Kokain und auch Heroin hinzu.

»Und was war mit den Mädchen?«, fragt Feghelm.

»Die gingen bei Axel nur so ein und aus«, sagt sein Vater, und ein Anflug von Stolz huscht ihm ins Gesicht.

»Kennen Sie die?«, fragt Feghelm und zeigt ein Foto von der jungen Ute Lennardt.

»Nein. Ich war aber auch selten zu Hause. Wir hatten doch die Autohäuser.«

»Wovon hat Ihr Sohn eigentlich gelebt?«

»Ich habe ihm Geld geschickt.«

»Wie viel?«

»Alle vier Wochen viertausend.«

»Sie haben Ihrem Sohn viertausend Euro geschickt, obwohl er längst über vierzig ist?«

»Mir wäre auch lieber gewesen, er hätte das Geschäft übernommen.«

Die Berliner Polizei teilt mit, Straub sei als Mitglied einer Wohngemeinschaft am Prenzlauer Berg gemeldet. Wo er sich offenbar nur sehr sporadisch sehen ließ. Die Miete wird regelmäßig überwiesen, keiner fragt nach ihm. Bis zum 16. Dezember 2005 wird Axel Straub von niemandem vermisst.

Am Morgen dieses Tages muss irgendetwas anders gewesen sein als sonst. Köster, der Etagennachbar, will jedenfalls gegen 9 Uhr aus der Wohnung von Ute Lennardt einen dumpfen Schlag und ein dunkles Stöhnen gehört haben.

Um 11 Uhr 39, also etwa zweieinhalb Stunden später, meldet der Obsthändler Metin Yaha der Polizei eine offenbar verwirrte Frau. Die Frau habe aus seiner Auslage einen Apfel genommen und diesen nach einem Rollstuhlfahrer geworfen, aber zum Glück nicht getroffen.

Um 11 Uhr 46 stellt eine Streifenwagenbesatzung die Frau in der Nähe des Obstladens. Sie flüchtet auf einen Spielplatz, besteigt dort ein etwa fünf Meter hohes Klettergerüst. Es besteht aus einer Vielzahl gespannter Drahtseile. Trotz der Aufforderung der Polizisten, sofort stehen zu bleiben, klettert sie auf den höchsten Punkt des Gerüstes und springt dann, ohne das geringste Zögern, in die Tiefe. Sie fällt kopfüber auf eine Sitzbank, erleidet eine Schädelfraktur sowie einen Genickbruch. Auch innere Organe werden gequetscht. Erst als sie leblos auf dem Boden liegt, erkennt Wachtmeister Tobias Schlüter, dass es sich bei der Leiche gar nicht um eine Frau, sondern um einen Mann in Frauenkleidern handelt.

Bei der Obduktion finden Gerichtsmediziner Rückstände eines überdosierten Schmerzmittels. Ob der Mann in Frauenkleidern sich absichtlich oder im Drogenwahn von dem Klettergerüst stürzte, ließ sich nicht zweifelsfrei klären. Ebenso unklar blieb, weshalb Straub Ute Lennardt seine Kleider und Schuhe überstreifte, nachdem er ihr das Genick gebrochen hatte. Und warum er sich dann in ihre Kleider zwängte. Sogar ihren Schlüpfer und den Büstenhalter hat er getragen.

»Sie waren doch beide einsam«, sagt Feghelm, »wieso hat es dann nicht geklappt mit denen?«

Gehlhaus zuckt mit den Schultern. Sie weiß es ja auch nicht.

KEINE FREUNDE
(Herbert & Klaus-Peter)

JÖRG PFEIFFER, KOMMISSAR, KRIMINALPOLIZEI WAIBLINGEN: Wir haben hier eine blaue Kladde in der Schublade, da sind die Härtefälle drin. Sachen, die ein normaler Mensch nie zu sehen bekommt. Auch nicht im Fernsehen. Wenn die so was in den Krimis brächten, was wir uns manchmal angucken müssen, die Leute würden ja in ihre Wohnzimmer kotzen.

Eigentlich war die Kladde mal für die Kommissaranwärter gedacht. Dass die mal sehen, was unsere Kundschaft so treibt. Manche Leute haben ja eine Fantasie, da kann man nur noch den Kopf schütteln.

Redder und ich machen uns einen Spaß daraus, die Kollegen zu beobachten, wenn sie da reinschauen. Ich selber bin jetzt dreiundzwanzig Jahre dabei, da schockt einen nichts mehr. Die Menschen sind, wie sie sind. Gäbe es die Perversen und Verrückten nicht, dann bräuchte man auch keine Polizei.

Den Fall Breer habe ich auch in der blauen Kladde. Aber es ist längst nicht die schlimmste Geschichte da drin. Das nicht.

JÜRGEN KÄMPER, KRANKENPFLEGER, BACKNANG: Das kommt schon vor, dass uns Schwerverletzte anonym vor die Tür gelegt werden. Oft nach Messerstechereien oder wenn es in der Familie Zoff gab. Den Breer haben sie an einem Montagabend gebracht. Da ist es ruhig hier in der Notaufnahme. Die Kneipen haben zu, auf den Sportplätzen wenig Betrieb, und sogar die jungen Männer sitzen lieber auf dem Sofa, als sich mit Autos totzufahren.

So gegen neun kam eine Schwesternschülerin rein und rief: »Herr Kämper, schnell, da draußen liegt einer! Ich glaube, der ist tot!«

Tot war der nicht, aber auch nicht mehr so richtig lebendig. Lag auf dem Rasen vor der Klinik, irgendwie gekrümmt. Als sei er tiefgefroren, so lag er da. Hatte auch kaum noch Puls.

MARIANNE BREER, HAUSFRAU, WAIBLINGEN: Mein Mann hat sich doch immer für alle aufgeopfert. Für die Familie und für die Firma. Das kam von seinem Glauben, er war ja sehr katholisch. Ohne die Firma wäre er wohl Priester geworden. Als mein Mann das Geschäft von seinem Vater übernommen hat, hatten wir drei Gesellen. Jetzt sind es dreihundertzwanzig. Das ist das Werk von meinem Mann.

Die Firma war sein Ein und Alles. Wenn wir im Urlaub waren und es gab Probleme im Geschäft, dann hat Herbert sich ins nächste Flugzeug gesetzt. Da konnte ich mit den Kindern am Strand sitzen, wie ich wollte.

Sein einziges Hobby war die Jagd. Er hat gesagt, ich schieße lieber auf Kaninchen als auf den Betriebsrat. Dann haben immer alle herzlich gelacht, mein Mann war sehr sozial. Er war auch bei den Rotariern. Tausende hat er jedes Jahr gespendet. Mein Mann hat dann auch den Verdienstorden bekommen. Das war ein sehr schöner Moment. Sonst hört unsereiner ja immer nur »Reichensteuer« und dass wir böse Unternehmer sind.

Mein Mann ist an Herzversagen gestorben. Mit zweiundsechzig. Ich habe immer gesagt: Du musst kürzer treten, Herbert! Eine Herzoperation hatte er da ja schon hinter sich. Aber er ist trotzdem jeden Tag in die Firma gefahren. Auch samstags und sonntags. Jetzt führt Dietmar die Firma, unser Ältester. Meine Tochter ist in Kalifornien verheiratet, sie ist Professorin. Nur unser Jüngster ist aus der Art geschlagen. Der ist Musiker.

KAI BREER, MUSIKER, GÖPPINGEN: Herzversagen! Stirbt denn nicht jeder Mensch an Herzversagen? Die Frage ist doch, was ist vor dem Herzversagen passiert? Warum bleibt das Herz stehen? Aber so war das immer schon in meiner Familie. Meine Mutter hat all die Jahre so getan, als sei das die ganz große Liebe mit ihr und dem Alten. Dabei hatten die sich gar nichts zu sagen. Der Alte hat sie doch nur genommen, weil sie mal ein hübsches Mädchen war. Mutter war ja sogar Model. Aber behandelt hat er sie wie den letzten Dreck.

Mein Alter hat mal über sich gesagt, dass der liebe Gott zu ihm gesprochen hätte.

»Du da, Herbert Breer, du sollst ein Wohltäter sein! Du sollst Menschen Brot und Arbeit geben und deiner Familie eine goldene Zukunft!«

Ich verstehe nicht, wie einer so was über sich selber sagen kann. Wie verrückt muss man da sein? Schon deshalb bin ich mit neunzehn weg von zu Hause. Ich hatte die Lügen satt, der Alte und ich hatten ja auch nur noch Streit.

JÜRGEN KÄMPER, KRANKENPFLEGER, BACKNANG: Wir haben den Patienten sofort auf die 3b gebracht, also Intensiv. Das Problem in solchen Fällen ist ja, dass die Ärzte nicht wissen, was eigentlich passiert ist. Herzinfarkt, Blinddarmdurchbruch, Einblutungen? Das kann ja alles sein. Da verliert man kostbare Zeit. Hätten die, die den Mann vor die Klinik gelegt haben, gesagt, was eigentlich passiert ist, vielleicht hätte er noch gerettet werden können. Aber so ist er dem Arzt unter den Händen weggestorben.

JÖRG PFEIFFER, KOMMISSAR, KRIMINALPOLIZEI WAIBLINGEN: Das Krankenhaus muss uns ja informieren, wenn da einer halb tot vor die Tür gelegt wird. Die Frage war natürlich, wer hat ihn da hingelegt? Aber da hatten wir Glück. Nicht weit von dem Krankenhaus hatten die Kollegen von der Verkehrspolizei einen Radarwagen im Einsatz. Die Straße von Oberbüden nach Steinbach ist ja eine Rennstrecke. Wir haben dann die Fotos nach auswärtigen Wagen durchsehen lassen. Und tatsächlich hatten die Kollegen den Wagen von dem Breer geblitzt. Aber am Steuer saß ein Anderer. Den Wagen von Herrn Breer haben wir später in Fellbach auf dem Parkplatz vor einem Supermarkt gefunden.

KAI BREER, MUSIKER, GÖPPINGEN: Mein Bruder rief an und sagte, Vater ist tot. Herzversagen. Ich bin dann zu der Klinik nach Backnang gefahren. Ich wollte den Alten noch mal sehen. Vielleicht wollte ich nur sichergehen, dass er wirklich tot ist. Er sah schon ziemlich mies aus. Nicht gerade wie einer, der friedlich eingeschlafen ist.

Merkwürdig war, dass die Polizei da in der Klinik herumlief. Was hat die Polizei damit zu tun, wenn einer 'nen Herzinfarkt hat?, habe ich mich gefragt. Bis es mir dann dämmerte. Die Polizei hat ja seltsame Fragen gestellt. Ob der Alte vielleicht Kontakt zu bestimmten Szenen gehabt hätte? Schwule, Rotlicht, Sadomaso? Und da fiel mir ein, dass ich mal seinen Wagen gefahren bin und einen Platten hatte. Unter dem Ersatzreifen lag dann dieses ganze Zeug. Dildos, Ledermasken, Ketten, Handfesseln, Peitschen, Schwulenpornos. Und ein Cowboyanzug.

Ach so einer ist dein Alter also, hab ich gedacht. Einer, der zu Hause den starken Mann markiert und sich heimlich von Strichjungs auspeitschen lässt. Danach hab ich nur noch gegrinst, wenn der Alte mich beschimpft hat, wegen dem Kiffen oder dass ich nur meine Musik im Kopf hätte.

Trotzdem hat es mein Bruder geschafft, dass bis heute alle glauben, der Alte sei an einem Herzinfarkt gestorben. Wie gesagt, meine Familie war immer schon gut im Lügen.

JÖRG PFEIFFER, KOMMISSAR, KRIMINALPOLIZEI WAIBLINGEN: Wir mussten ja bei der Sache von Fremdverschulden ausgehen. Wir haben deshalb auch den Laptop des Herrn Breer beschlagnahmt. Da waren diese ganzen Bilder und Videos drauf. Mann, Mann, Mann. Schön war das nicht, sich das anzusehen. Aber gehört nun mal zu unserem Job.

Die Witwe hat uns gesagt, ihr Mann hätte einen kleinen Bauernhof bei Oberbrüden. Das passte. Oberbrüden ist ja nicht weit von dem Krankenhaus in Backnang. Auf dem Hof da in Oberbrüden standen nur ein paar Pferde im Stall, sonst war nicht viel los. Wir standen knöcheltief im Matsch, alles war zugewuchert von Unkraut und Gestrüpp, von dem Hauptgebäude hing eine Dachrinne runter. Ich habe mich noch gewundert, dass ein wohlhabender Mann wie der Herr Breer so einen Dreckladen hat.

Noch mehr gewundert hat mich, dass es da einen Wirtschafter gab. Wieso ließ der den Hof so vergammeln? Wolfgang Vohmann hieß er. Den habe ich gleich erkannt. Das war der Kerl, den die Kollegen in dem Wagen vom Breer geknipst haben. Als ich dem Vohmann das Radarfoto gezeigt habe, hat er sofort alles zugegeben.

DIETMAR BREER, FABRIKANT, ESSLINGEN: Es interessiert mich nicht, was mein Bruder sagt. Er will sich an unserem Vater rächen, dazu ist ihm offenbar jedes Mittel recht. Ich habe meinem Bruder das Erbe ausgezahlt, und damit ist für mich die Sache erledigt. Meine Mutter will auch nichts mehr mit ihm zu tun haben. Ich lasse mir nicht das Andenken an unseren Vater besudeln.

WOLFGANG VOHMANN, WIRTSCHAFTER, OBERBRÜDEN: Ich habe vor zwanzig Jahren bei der Firma Breer als Gabelstaplerfahrer angefangen. Vor sechs Jahren bin ich mit dem Bein unter eine Kiste mit Schrauben gerutscht, seitdem ist mein linkes Knie kaputt. Aber der Chef hat mich nicht fallen lassen. Er hat mich sogar im Krankenhaus besucht.

»Wolfgang, was halten Sie davon, wenn Sie sich um meinen Hof in Oberbrüden kümmern?«, hat er mich gefragt.

Ich sollte die Tiere pflegen und dafür sorgen, dass was im Kühlschrank ist, wenn er zur Jagd kommt. Zuerst war mir das ein bisschen einsam hier draußen, aber mit der Zeit gewöhnt man sich dran.

Als ich den Chef zum ersten Mal sah, da habe ich gedacht, der sieht aus wie die Nazis in den Kriegsfilmen. Der Chef war ja blond und hatte die Haare so streng zurückgekämmt. Er hatte einen Schmiss auf der Wange, noch aus der Studentenzeit, und er ging auch so zackig wie diese SS-Typen. Mit einer ganz leisen Stimme hat er gesprochen. Die hörte sich irgendwie gefährlich an, die Stimme.

Natürlich war der Chef kein Nazi. Der war doch katholisch, ging jeden Sonntag in die Kirche.

Aber die Familie Breer, die war kaputt. Wenn die zusammen auftauchten, zum Beispiel bei der Weihnachtsfeier in der Firma, dann gingen die Frau Breer und die beiden Söhne immer zwei Meter hinter dem Chef. Nicht mal angesehen haben die sich.

»Die wollen alle bloß an mein Geld, Wolfgang«, hat der Chef mal zu mir gesagt.

Schön ist das nicht, wenn man so was über seine Frau und seine Kinder sagen muss.

JÖRG PFEIFFER, KOMMISSAR, KRIMINALPOLIZEI WAIBLINGEN: Dieser Vohmann hat dann behauptet, dass er an dem besagten Abend mit Herrn Breer und zwei weiteren Männern namens Seiler und Bolschakow auf dem Hof in Oberbrüden war. Sie hätten eine Menge Wein und Schnaps getrunken. Und dann sei es Herrn Breer plötzlich furchtbar schlecht geworden. Weil sie alle so betrunken gewesen seien, hätten sie sich nicht getraut, den Herrn Breer bis ins Krankenhaus zu bringen, sondern hätten ihn gleich da vor die Tür gelegt. Sie hätten noch gesehen, wie ein Pfleger rauskam. Da seien sie eben abgehauen.

Na ja. Die Geschichte haben wir natürlich nicht geglaubt.

KLAUS-PETER SEILER, IMMOBILIENKAUFMANN, HEILBRONN: Herr Breer und ich haben uns im Internet kennengelernt. Es ist ja nicht leicht, Gleichgesinnte zu treffen, auch wenn man sich auskennt in der Szene. Herr Breer nannte sich Hunter. Ich nenne mich Zobel. Vohmann und den Russen hat Herr Breer engagiert. Ich würde sagen, wir waren so eine Art Interessengemeinschaft. In unseren Kreisen ist ja Vertrauen das Wichtigste. Das ist aber gar nicht so einfach, wenn zwei Einzelgänger wie Herr Breer und ich zusammenkommen.

WOLFGANG VOHMANN, WIRTSCHAFTER, OBERBRÜDEN: Die Polizei hat gesagt, wenn ihr nicht sagt, was da wirklich passiert ist, hängen wir euch die Sache als Totschlag an. Dann geht ihr alle zusammen in den Knast. Da haben wir eben ausgepackt. Der Bogdan und ich haben den beiden ja auch nur geholfen, wir haben ja nicht mitgemacht. Außerdem war das doch alles freiwillig, ist ja nicht verboten. Es war mal verboten, das schon. Ist es aber nicht mehr. Das war ja in gewisser Weise ein Unfall. So was konnte doch keiner ahnen.

JÖRG PFEIFFER, KOMMISSAR, KRIMINALPOLIZEI WAIBLINGEN: Wir haben uns die drei Gesellen aufs Revier geholt und die mal richtig rangenommen. Dieser Seiler, das ist ein ganz harmloser wabbeliger Typ um die fünfzig. Der sieht aus, als wohnt er noch bei Muttern. Der hat als Erster ausgepackt. Mein Gott, in allen Details. Mitten im Verhör ist mein Kollege, der Bernt Redder, raus und hat in den Flur gekotzt. Es war aber auch wirklich widerlich, was der Seiler erzählt hat. Wie kann man nur so was machen?

KLAUS-PETER SEILER, IMMOBILIENKAUFMANN, HEILBRONN: Jeden Tag werden Millionen Tiere abgeschlachtet und von den Menschen gefressen. Das finden alle ganz normal. Oder die Tierversuche. Man sticht Katzen eine Kanüle in die Augen und spritzt Haarspray rein. Angeblich, um zu gucken, ob den Tieren das weh tut. Was denn sonst? Und dieselben Leute, die so was machen, regen sich dann darüber auf, wenn jemand sein Tier so liebt, wie Herr Breer und ich unsere Tiere lieben. Dann ist man gleich ein Perverser.

Herr Breer hatte ja eine ganz vernünftige Einstellung dazu. Er hat gesagt: Herr Seiler, der liebe Gott hat uns so gemacht, wie wir sind, und damit basta.

PJOTR BOLSCHAKOW, TAXIFAHRER, STUTTGART: Ich habe mit solchen Sachen nichts zu tun, bei mir ging es nur ums Geld. Zweihundert Euro hat mir der Herr Breer jedes Mal gegeben. Dafür muss ich lange Taxi fahren.

Der Herr Breer trug gerne Cowboyanzüge und Halsbänder von Hunden. Er war auch immer geschminkt. Augen schwarz, Mund rot. Sah aus wie ein schwuler Cowboy. Der Seiler ist auch verrückt. Der hatte immer einen Taucheranzug an. Ein Cowboy und ein Taucher. Manchmal mussten wir uns ganz schön zusammenreißen, der Wolfgang und ich, dass wir nicht loslachten, so bekloppt, wie die aussahen.

Herr Breer wollte auch, dass Videos davon im Internet gebracht wurden. Der Seiler hat dann alles gefilmt.

KLAUS-PETER SEILER, IMMOBILIENKAUFMANN, HEILBRONN: Herr Breer war ein feiner, gepflegter und gebildeter Mensch. Wir sind auch bis zuletzt beim Sie geblieben. Zuerst haben wir immer eine gute Flasche Wein getrunken. Und dann hat Herr Breer zum Beispiel über Politik gesprochen. Oder über die Wirtschaftslage. Das war richtig interessant, was ein Fabrikant für Ansichten hat.

Es ist noch gar nicht lange her, da hat Herr Breer mal gesagt, Herr Seiler, ich weiß, es ist außerhalb der Normalität, was wir hier tun. Aber es macht mich wirklich glücklich. Und Sie sind der einzige Mensch, der das versteht, Herr Seiler.

Ich war richtig gerührt, als er das sagte.

PJOTR BOLSCHAKOW, TAXIFAHRER, STUTTGART: Das da draußen war natürlich nichts, was man in der Kneipe erzählt. In der ersten Zeit konnte ich nicht einschlafen, wenn ich von dem Hof nach Hause gekommen bin. Später war es mir egal. Ich kenne ja auch vom Taxifahren genug Verrückte.

Manchmal glaube ich, es gibt gar keine normalen Leute auf der Welt. Irgendwie sind alle verrückt.

WOLFGANG VOHMANN, WIRTSCHAFTER, OBERBRÜDEN: Dem Chef ging es plötzlich furchtbar schlecht. Er hatte so einen wirren Blick. Und dann hat er gesagt, er hätte eine riesige Angst. Dass irgendwas in ihm zerrissen ist.

»Haben Sie Schmerzen, Herr Breer?«, hat der Seiler gerufen.

»Nein, Schmerzen nicht, nur die Angst«, hat der Chef geflüstert.

Und dass wir ihn zum Krankenhaus bringen sollten. Wir sollten ihn einfach vor die Tür legen und dann verschwinden, das hat der Chef auch noch gesagt. Er wollte uns da nicht reinziehen. Er ist eben ein feiner Kerl gewesen, der Chef. Dann ist er ohnmächtig geworden.

DR. SIMONE EBERLE, GERICHTSMEDIZINERIN, STUTTGART: So einen Fall hatte ich auch noch nicht auf dem Tisch. Ich habe eine Bauchfellentzündung nach Darmdurchbruch und starke innere Blutungen festgestellt. Ich muss ja wohl nicht sagen, wie das entstanden ist. Der Tod trat durch Herzversagen ein. Der Mann hatte starke Schmerzmittel genommen, wahrscheinlich überdosiert. Außerdem war er herzkrank, vor Jahren war ihm ein Bypass gelegt worden.

Ich kann nicht ausschließen, dass er auch ohne die inneren Verletzungen gestorben wäre. Vielleicht wäre es auch passiert, wenn er einfach nur einen Dauerlauf gemacht hätte.

WOLFGANG VOHMANN, WIRTSCHAFTER, OBERBRÜDEN: Noch bevor der Chef beerdigt wurde, kam sein älterer Sohn zu mir auf den Hof. Er hat gesagt, wenn einer von euch Perversen nur einen einzigen Muckser sagt, dann schicke ich euch ein paar Jungs vorbei. Die machen das, was ihr mit den Pferden gemacht habt, mit Baseballschlägern.

Ich hab's ihm versprochen, das war ja auch im Sinne vom Chef. Aber jetzt haben wir den Staatsanwalt am Hals. Da sieht die Sache anders aus. Von uns will ja keiner in den Knast. Warum auch? Wir haben doch nur gemacht, was der Chef wollte. Also kommt die Sache jetzt eben raus.

JÖRG PFEIFFER, KOMMISSAR, KRIMINALPOLIZEI WAIBLINGEN: Aus polizeilicher Sicht war der Fall Breer keine spektakuläre Angelegenheit. Das hat eine Nacht und einen Tag gedauert, dann wussten wir über alles Bescheid. Ich habe den Vorgang dann in die blaue Kladde geheftet, aber ohne Fotos. Muss ja nicht sein, dass uns die Anwärterinnen das Büro vollkotzen. Manchmal ist die Wahrheit eben doch nicht auszuhalten.

DIETMAR BREER, FABRIKANT, ESSLINGEN: Nach dem Tod meines Vaters habe ich mich darum bemüht, dass die Straße, in der sich unsere Firma befindet, umbenannt wird. Die hieß ja Industriestraße. Jetzt heißt sie Herbert-Breer-Straße. Darauf bin ich sehr stolz.

* * *

Das Verfahren gegen Wolfgang Vohmann, Pjotr Bolschakow und Klaus-Peter Seiler fand auf Betreiben der Familie Breer unter Ausschluss der Öffentlichkeit statt. Vohmann, Bolschakow und Seiler wurden wegen unterlassener Hilfeleistung zu Freiheitsstrafen zwischen drei und sechs Monaten verurteilt; die Strafen wurden zur Bewährung ausgesetzt.

Wegen der Verbreitung pornografischer Schriften im Internet, die sexuelle Handlungen zwischen Menschen und Tieren zum Gegenstand haben, wurde Klaus-Peter Seiler nach § 184a Strafgesetzbuch zudem zu einer Geldstrafe von 6500 Euro verurteilt.

DIE LIEBE SEINES LEBENS
(Gerhard & Erika)

Am Morgen des 4. Oktober hat der Busfahrer Eckhardt Lambrecht Vorahnungen, dass irgendetwas passieren könnte. Weshalb er die Barbarossastraße noch vorsichtiger herunterfährt als sonst. Er hat fünfzig Schulkinder im Bus.

Der Sommer ist für diesen Tag zurückgekehrt. Die Morgensonne flimmert zwischen den Bäumen. Lambrechts Blick wandert von der Straße zum Rückspiegel, zu den Seitenspiegeln, zurück auf die Fahrbahn. Auch die Gehwege lässt er nicht aus den Augen. Wie oft schießt da einer unversehens aus der Garagenausfahrt raus. Die Gestalt an der Bordsteinkante sieht Lambrecht auf sechzig Meter Entfernung.

»Der stand da, als wartete er auf Grün«, sagt Lambrecht später der Verkehrspolizei, »obwohl da gar keine Ampel ist.«

Lambrecht nimmt den Fuß vom Gas und hält ihn über das Bremspedal. Bloßer Instinkt. Und dann, als er in der Gestalt da am Bordstein einen Mann mit grauen Haaren in beigefarbener Hose und hellbrauner Windjacke erkennt, tritt dieser plötzlich auf die Straße, dreht sich zu dem Bus und bleibt einfach stehen. Auf der Fahrbahn! Aber da hat Lambrecht längst schon das Bremspedal durchgetreten.

Eine Armlänge vor dem Grauhaarigen kommt der Bus zum Stehen. Später sagt Lambrecht, der Alte habe nur den Kopf geschüttelt. Und sei dann in Richtung Adolf-Kolping-Platz davongegangen. Als sei gar nichts passiert.

Was nicht zutrifft. Sieben Kinder erleiden bei dem Bremsmanöver Platzwunden und Prellungen, ein zehnjähriger Junge bricht sich den Arm. Lambrecht funkt die Leitstelle an, die einen Krankenwagen und die Polizei schickt.

Die Streife stellt nicht weit von der Unfallstelle auf der Friedrichstraße einen älteren Mann in Windjacke und beigefarbener Hose. Er wird sich wenigstens für einen gefährlichen Eingriff in den Straßenverkehr verantworten müssen, denkt Polizeimeisterin Marlene Kruse. Vielleicht wird auch Körperverletzung und Unfallflucht draus.

Der Alte schlurft daher, als hätte er keine Schnürsenkel in den Schuhen. An seinem Handgelenk baumelt schlaff ein Einkaufsbeutel.

»Haben Sie den Bus denn nicht gesehen?«

»Doch«, sagt der Alte und nimmt Haltung an.

»Und warum sind Sie dann auf die Fahrbahn getreten?«

»Weil ich sterben wollte.«

»Sie wollten sterben?«

»Ich habe heute Morgen meine Frau umgebracht.«

Die Kriminalkommissarin Christina Lichte trifft zur selben Zeit in Rockenhausen ein wie der Streifenwagen aus Kaiserslautern. Zwei alte Frauen bleiben auf dem Gehsteig stehen und warten ab. Auch noch, als die Streifenpolizisten Gerhard Blusch zu seinem Haus begleiten. Auf der Fußmatte steht »Grüß Gott«. Kommissarin Lichte fällt auf, dass sich im Haus nebenan die Gardine bewegt.

Bei den Bluschs riecht es säuerlich, beinahe modrig. Der Geruch von alten Leuten eben. Im Haus ihrer Eltern riecht es ähnlich, denkt die Kommissarin. Und wie hier liegt auch bei ihren Eltern nichts einfach so herum, wo es nicht hingehört.

Wäre da nicht die Katze. Die Katze ist tot. Jemand hat ihr den Kopf abgeschlagen. Als sei sie ein Schlachthuhn. Ihr

Körper liegt neben dem Schirmständer, eine Handbreit entfernt davon der Kopf.

»Das war ich«, sagt Herr Blusch, »unsere Miezi wäre ja verhungert, ohne Erika und mich.«

Gerhard Blusch hängen die Schultern. Er führt die Polizisten ins Wohnzimmer, das an ein Krankenzimmer erinnert. Die Sitzgarnitur ist hellgrün und grau. Sie ist in eine Ecke verrückt. Damit Platz ist für das Krankenbett, über dem eine Infusionsflasche baumelt, leer. Auf dem Nachtschrank stehen Medikamente. An der Wand hängt ein Kruzifix.

Das Leintuch hat Bügelfalten. An seinem unteren Ende ragen Zehen reglos hervor. Die Fußnägel sind braungelb und lange nicht geschnitten. Die Kommissarin schlägt das Tuch zurück. Der Toten sind die Hände auf der Brust gefaltet, sie hat dünnes, silberblaues Haar und eine blutleere Haut. An der rechten Wange ein violetter Fleck, als sei Tinte verlaufen.

»Erika und ich waren siebenunddreißig Jahre verheiratet.«

Die Kommissarin, die nur noch die Tote wahrgenommen hat, erschrickt über die leise Stimme von Gerhard Blusch.

»Und lieben tue ich sie noch immer.«

Jetzt schüttelt den Mann ein Weinkrampf, und kurze Zeit später füllen sich auch die Augen von Christina Lichte mit Tränen. Sonst geht's bei ihr nicht so schnell mit dem Heulen. Aber im Moment ist sie einfach nah am Wasser gebaut.

Die Bestatter geraten ins Schwitzen, so schwer ist der Sarg mit der dicken Frau Blusch. Während die Leiche zur Pathologie transportiert wird, schaut sich die Kommissarin im Haus um. Alle Zimmer und auch das Bad sind ordentlich aufgeräumt. So ordentlich, als hätte da nie einer gewohnt.

Gerhard Blusch muss seine Frau schon sehr geliebt haben, denkt die Kommissarin, wo doch im ganzen Haus Fotos von ihr hängen. Beim Minigolf, auf dem Rad, auf dem Pferd, an Stränden, auf Berghütten, an Seen, vor Alpenpanoramen. Nach einem Foto von Herrn Blusch sucht Christina Lichte vergeblich. Dem Stephan wäre nie in den Sinn gekommen, ein Foto von ihr aufzuhängen, denkt sie. Nicht mal in seinem Portemonnaie hatte er ein Bild von ihr. Obwohl sie doch so lange zusammen waren. Zwei Jahre ist Stephan jetzt fort. Und dass sie mit Ralph nicht glücklich wird, spürt sie schon seit Wochen.

Die Polizeimeisterin hat einen Tee gekocht. Die Kommissarin setzt sich Herrn Blusch gegenüber. Der Küchentisch ist so schmal, dass beide die Arme anziehen und Fäuste machen, sonst würden sich ihre Hände berühren. An der Wand ein Kalender der Ersatzkasse, ein Sträußchen Trockenblumen und noch ein Foto. Erika Blusch als Mädchen von siebzehn, achtzehn Jahren. Sonderlich hübsch war sie nicht, denkt die Kommissarin.

»Wie haben Sie es denn getan, Herr Blusch?«

»Mit einem Kissen.«

»Und wie genau?«

»Aufs Gesicht hab ich's ihr gedrückt.«

»Und warum haben Sie das getan, Herr Blusch?«

»Weil sie doch die furchtbaren Schmerzen hatte.«

Die Polizeimeisterin hilft Herrn Blusch in den Streifenwagen, und die alten Damen warten noch immer auf dem Gehsteig. Die Kommissarin geht zu ihrem Dienstwagen und denkt, dass sie Ralph nicht umbringen könnte. Nie! Auch wenn er todkrank wäre und noch so sehr darum bettelte. Weil Ralph ihr gleichgültig ist. Gleich nachher, wenn sie im Büro ist, ruft sie ihn an und sagt ihm, dass es vorbei ist. Als die Kommissarin das denkt, geht es ihr schon besser.

Gerhard Blusch wird zur Justizvollzugsanstalt Frankenthal gebracht. Auf der Zelle ist ein Klaus Jahnke. Er saugt am Dreck unter den Fingernägeln. Von Beruf ist er Asphaltierer.

»Was will denn ein toter Kuckuck wie du hier?«, sagt Jahnke, als er Gerhard Blusch sieht.

Was den Kroaten lachen lässt. Goran Gruevski und Klaus Jahnke haben sich in der U-Haft angefreundet. Der Kroate hat seiner Frau ein Messer in den Hals gestochen. Während Blerina Gruevski verblutete, hat sich Goran ein Fußballspiel angesehen. Es gab Verlängerung, danach erst war Blerina tot.

Jahnke hat für seine Frau einen Hammer genommen, der da zufällig lag. Sie hieß Claudia, war sechsunddreißig und stammte aus Catania. Jahnke sagt, Claudia habe ihn mit der halben Mafia betrogen.

»Also Opa, hast du falsch geparkt oder warum bist du da?«, fragt Klaus Jahnke, und der Kroate lacht schon wieder.

»Ich habe meine Frau getötet«, sagt Gerhard Blusch.

»Respekt«, sagt Jahnke und klopft dem Alten die Schulter.

Zwei Tage und eine Nacht sitzen sie da zu dritt in der Zelle und reden über nichts als ihre toten Frauen.

»Und warum hast du es getan«, fragt Goran, »wenn sie doch so eine tolle Frau war?«

»Ich wollte Erika von ihren Schmerzen erlösen.«

»Bei mir war es genau umgekehrt«, sagt Jahnke, »ich wollte mich von meiner Alten erlösen.«

»Dann tun Sie mir aber leid, Herr Jahnke«, sagt Gerhard Blusch in das Lachen von Jahnke und Gruevski.

Rechtsanwalt Dietrich Böhmer aus Mehlingen hat bei dem Haftprüfungstermin dunkle Flecken unter den Achseln. Weshalb er die Arme anlegt. Es ist das erste Tötungsdelikt seiner Laufbahn. Normalerweise geht es in der Kanzlei Böhmer um Nachbarschaftsquerelen, Erbstreitigkeiten und Scheidungen. Aber Gerhard Blusch wollte unbedingt ihn als

Anwalt haben. Sicher weil er die Bluschs mal vertreten hat bei einem Streit mit den Nachbarn. Die hatten einen Zaun zu weit aufs Grundstück der Bluschs gesetzt.

Die ganze Nacht hat Dietrich Böhmer im Strafrecht gelesen. Seit dem Studium hatte er da nicht mehr reingesehen. Böhmer beobachtet den Richter, der in der Akte blättert. Der junge Staatsanwalt tippt etwas in einen Computer. Sympathisch ist Böhmer nur die Gerichtsschreiberin, die auf ihrem Stift kaut und aus dem Fenster sieht. Herr Blusch starrt auf das Linoleum. Böhmer glaubt, jetzt sei der richtige Zeitpunkt.

»Frau Blusch hat von meinem Mandanten verlangt, dass er sie tötet.«

Der Staatsanwalt schnaubt, ein Grinsen huscht über sein Gesicht, dann schüttelt er gemächlich den Kopf.

»Stimmt das, was Ihr Anwalt sagt, Herr Blusch?«, fragt der Richter.

Gerhard Blusch sieht auf, als ginge es ihn gar nichts an. Er holt sich ein Nicken von seinem Anwalt, dann nickt auch er. Erst ganz leicht und dann immer mehr.

»Ja«, sagt Gerhard Blusch schließlich, »genau so war's.«

Die Gerichtsschreiberin Ilka Garstka hat mehrere Stenografenwettbewerbe gewonnen und macht diesen Job seit siebenundzwanzig Jahren. Wie oft schon hat sie während der Vernehmungen heimlich geweint? Aber sie hat immer nur um die Opfer geweint, um die Abgestochenen, Erschossenen, Vergewaltigten, Gefolterten, Verbrannten und Vergifteten. Sie hatte doch nie eine Träne für einen Mörder.

Jetzt tropfen dicke Tränen auf den Schreibblock, als Gerhard Blusch erzählt, wie er seine Erika kennengelernt hat, 1971 in einem Tanzlokal in Speyer.

»Erika war die Schönste von allen, wenn auch zwölf Jahre älter als ich.«

Wegen ihrer Schönheit habe ihm das Herz geklopft, dass er schon dachte, Erika könne es sehen unter seinem Hemd. Gefürchtet habe er sich, dass sie sich am Ende bloß lustig machen würde über ihn.

»Was sollte die denn mit einem frechen jungen Schnösel wie mir?«

Und wie glücklich er war, als es dann ganz anders kam.

Rührend erzählt Gerhard Blusch mit seiner leisen Asthmastimme von den Reisen, die das Ehepaar unternahm. An den Bodensee sind sie gefahren, an die Nordsee und die Ostsee, in den Schwarzwald. Auch Pilgerfahrten haben sie unternommen, mit der Pfarrgemeinde St. Michael nach Lourdes und Rom und einmal sogar nach Bethlehem.

»Gefehlt haben uns zum ganz großen Glück eigentlich nur Kinder«, sagt Gerhard Blusch, »Kinder sind doch die Krönung der Liebe.«

Ilka Garstka schluchzt auf, der Richter schenkt ihr ein nachsichtiges Lächeln.

»Und dann ist Erika auf der Treppe gestürzt, und seitdem konnte sie ja nur noch liegen«, sagt Gerhard Blusch.

Der Bleistift von Ilka Garstka fliegt übers Papier, hält fest, dass der Herr Blusch seine Frau drei Jahre gepflegt hat, immer ohne fremde Hilfe, weil Erika Blusch keine fremden Menschen im Haus haben wollte. Vier, fünf Mal musste Herr Blusch ihr die Bettpfanne unterschieben, jeden Tag, auch bei Nacht. Sogar einen Leistenbruch hat er sich dabei zugezogen, weil seine Frau vom Liegen immer schwerer wurde.

»Ein Leben war das dann nicht mehr«, sagt Gerhard Blusch.

Furchtbare Angst habe Erika gehabt, dass er sie in ein Heim gibt. Weil sie ja selbst sah, dass er es nicht mehr schaffte, sie zu pflegen. Wo er doch auch schon achtundsechzig ist.

»Und als sie letzte Woche achtzig wurde, da hat sie gesagt, Gerdchen, bitte mach Schluss mit mir. Ich will lieber tot sein als im Heim.«

Seine Frau hatte ja leider Recht mit ihrer schlechten Meinung von den Heimen, sagt Gerhard Blusch. Als ehemaliger Sachbearbeiter auf dem Sozialamt in Kaiserslautern wisse er ja von Berufs wegen in- und auswendig, wie es in den Pflegeheimen zugeht.

Die Gerichtsschreiberin setzt den Stift ab, weil Gerhard Blusch jetzt von einem furchtbaren Weinkrampf geschüttelt wird.

»Und wie ging's dann weiter?«, fragt der Richter, als sich Herr Blusch beruhigt hat.

»Erika, ich mach's nur, wenn wir zusammen gehen, habe ich gesagt. Damit war sie einverstanden.«

Die Schwitzflecken von Rechtsanwalt Böhmer gehen bereits runter bis zum Hosenbund, als der Richter die Aussetzung der Untersuchungshaft verkündet. Auch wenn der Staatsanwalt da anderer Meinung ist.

»Sie tun sich aber nichts mehr an, Herr Blusch?«, sagt der Rechtsanwalt beim Abschied.

»Nein, nein, das war nur der erste Schock.«

Die Fußpflegerin Corinna Lehmann ist korrekt bis ins Pedantische. Nachdem sie in der Rundschau den Bericht unter der Schlagzeile »Tod auf Verlangen?« gelesen hat, hält sie es für ihre Pflicht, bei der Polizeiinspektion Rockenhausen anzurufen und mitzuteilen, dass Erika Blusch noch zwei Tage vor ihrem Tod einen Termin zur Fußpflege vereinbart hat. Die alte Frau Blusch habe sogar gescherzt, dass sie bald zum Tanzen wolle, aber nicht mit zu langen Fußnägeln. Das sei doch merkwürdig, dass jemand Witze macht und die Fußpflege bestellt, wenn er eigentlich sterben will, sagt die Lehmann.

»Na dann«, sagt Ralph und legt auf, als Christina Lichte ihm sagt, es habe keinen Zweck mehr mit ihnen. Er will nicht mal mehr wissen, warum. Die Kommissarin sucht im Internet nach einem Hotel auf Madeira. Da wollte sie immer mal hin.

An den alten Mann aus Rockenhausen denkt sie kaum noch. Den Bericht der Gerichtsmedizin liest sie, als er schon zwei Tage auf ihrem Schreibtisch liegt. Dass Erika Blusch drei Halswirbel gebrochen wurden, steht da. Das Gebiss war zerbrochen, Stücke davon steckten im Rachen der Toten. Und Blut hat sie geschluckt. An ihrem Blut und an Erbrochenem ist sie erstickt. Einmal abgesehen von porösen Knochen war Erika Blusch organisch gesund. Zuletzt liest Christina Lichte die Zeugenaussage der Fußpflegerin. Wie sie sich nur so täuschen konnte, denkt die Kommissarin.

Elke Siebert, geborene Blusch, ist zweiundsiebzig, Witwe und eine so grundehrliche Person, dass ihr, wenn sie zur Beichte geht, meistens keine Sünde einfällt. Sie hat schon gebeichtet, dass sie vergessen hat, ihre Herztabletten zu nehmen. Da hat sogar der Pastor im Beichtstuhl gelacht.

Elke Siebert ist überzeugt, dass es das Beste ist, der Polizei die Wahrheit zu sagen. Dann werden sie ihren Bruder schon in Ruhe lassen, denkt sie. Wenn sie erst einmal erfahren, durch welche Hölle er gegangen ist. Elke Siebert hat auch gleich Vertrauen zu der Kommissarin, die extra aus Kaiserslautern hergefahren ist.

»Das Gerdchen und ich durften uns nur heimlich treffen«, sagt Elke Siebert, »so eifersüchtig war diese Verrückte. Und im Keller musste er hausen. Normal ist das nicht, oder, Frau Kommissarin?«

So viele Jahre schon liegen Elke Siebert diese Geschichten auf dem Herzen. Sie ist erleichtert, das alles endlich mal jemandem sagen zu können. Zum Beispiel, dass das Gerdchen nicht mal mehr zum Fußball durfte, wo die Roten Teufel doch seine große Leidenschaft waren. Die Kommissarin kann da auch nur noch den Kopf schütteln.

»Aber warum hat Ihr Bruder sich das alles gefallen lassen?«

»Weil die Hexe ihn doch sogar geschlagen hat, mit allem, was sie grad in die Finger bekam.«

»Sie hat ihn geschlagen?«

»Und ob. Wie oft Gerd blaue Flecken und krustige Wunden hatte. Angeblich hat er sich immer gestoßen oder ist auf der Treppe gestolpert. Aber welcher Mann gibt denn gerne zu, dass seine Frau ihn schlägt?«

Elke Siebert bemerkt schon, dass die Frau Kommissarin erstaunt ist. Dass sich ein erwachsener Mann von seiner Frau verprügeln lässt.

»Sie werden meinen Bruder doch nicht einsperren, oder?«, fragt Elke Siebert. »Er hat es doch bloß nicht mehr ausgehalten mit der Erika.«

Bevor die Kommissarin antworten kann, klingelt ihr Handy. Meine Güte, denkt Elke Siebert, die Bluschs waren ein Leben lang unbescholtene Leute, und jetzt haben wir wegen dieser Hexe auch noch die Polizei im Haus.

»Den meisten Menschen ist das Leben ja zu kurz«, sagt Elke Siebert, als sich die Kommissarin von ihr verabschiedet, »für das Gerdchen war es mit der Erika einfach zu lang.«

Auf der Autofahrt von Trier nach Rockenhausen denkt Christina Lichte an die Arglosigkeit von Bluschs Schwester, und ihr Beruf gefällt ihr plötzlich nicht mehr. Wie eine Verräterin fühlt sie sich. Aber was soll sie denn machen, es ist doch ihr Job, die Wahrheit herauszufinden. Auch wenn die ihr gar nicht gefällt.

In Rockenhausen schellt sie bei Gerhard Blusch, aber da

öffnet keiner. Dafür bewegt sich die Gardine im Haus nebenan. Also klingelt die Kommissarin dort.

»Die Blusch? Ein ganz schlimmes Biest war das«, sagt Frau Kirchner. »Ein nettes Wort hatte die doch nur für ihre Katze. Miezi hier und Miezi da.«

»Was war denn so schlimm an der Frau Blusch?«

»Das fragen Sie mal ihren Mann! Dass sie ihn totschlagen möcht, das hat sie bestimmt hundert Mal gesagt. Ich hab ja jedes Wort mit anhören müssen, die Wände hier sind doch aus Papier.«

»Und warum war sie so böse auf ihren Mann?«

»Dass er ein Versager ist, der nicht mal Kinder machen kann, hat sie gesagt. Dass er stinkt, dass er lügt, dass er weich ist wie eine nasse Semmel, lauter solche Sachen.«

»Hat sie Herrn Blusch auch geschlagen?«

»Wundern tät's mich nicht.«

»Und seit Frau Blusch gestürzt ist, hat sich da was geändert?«

»Da war es noch schlimmer«, ruft Frau Kirchner, »er soll sie umdrehen, er soll ihr die Bettpfanne bringen, sie hat Durst, sie hat Hunger, sie will lesen, sie will sitzen, sie will liegen. Keine Sekunde Ruhe hat sie ihm noch gegönnt.«

Durch das Küchenfenster sieht die Kommissarin jetzt Gerhard Blusch, der einen vollen Einkaufsbeutel ins Haus trägt. Kurz darauf zieht er aus dem Schuppen einen Rasenmäher und ist nicht überrascht, als die Kommissarin sich zu ihm stellt.

»Der Rasen ist noch mal ordentlich gewachsen bei dem schönen Wetter«, sagt Herr Blusch.

Sie gehen ins Haus.

»Können Sie mich noch mal ein bisschen herumführen?«, fragt die Kommissarin.

Wohl ist ihr nicht bei dem, was sie mit Gerhard Blusch vorhat.

»Wo ist denn Ihr Zimmer, Herr Blusch?«, fragt die Kommissarin, nachdem Herr Blusch ihr alle Räume gezeigt hat.

»Hier oben«, sagt er und weist auf das leblose Schlafzimmer mit dem Doppelbett.

»Ihre Schwester sagt, Sie mussten im Keller wohnen.«

»Sie waren bei meiner Schwester?«

Auf der Kellertreppe muss die Kommissarin den Kopf einziehen. Es riecht feucht da, vielleicht auch nach Schimmel. Gerhard Blusch öffnet die Tür zu einem Raum ohne Fenster. Da stehen ein Bett, ein Stuhl, ein Tisch, ein Fernsehschrank, eine Musiktruhe.

»Wollten Sie denn nicht lieber oben bei Ihrer lieben Frau sein, Herr Blusch?«, fragt die Kommissarin.

»Ich schnarche ja«, sagt Herr Blusch. »Und hier unten konnte ich meine Fußballspiele ansehen.«

»Funktioniert die alte Kiste denn überhaupt noch?«

»Natürlich. Nur der Empfang ist schlecht hier, man hat immer ein verschneites Bild.«

»Und es hat Ihnen gefallen hier?«

»Ich habe mich an den Schnee gewöhnt.«

»Nein, ich meine, hier unten zu leben. Hat Ihnen das gefallen?«

Jetzt sieht Herr Blusch argwöhnisch zu ihr hinüber. Die Kommissarin denkt, dass sein Gesicht seine Gedanken nicht verbergen kann.

Sie fragt nach einem Kaffee, und Herr Blusch macht sich geradezu erleichtert daran, den Tisch zu decken. Er ist geschickt darin, geschickt wie ein Kellner in einem Kaffeehaus, denkt die Kommissarin.

»Herr Blusch, wie kann es denn sein, dass Ihre Frau

gebrochene Halswirbel hatte?«, fragt die Kommissarin, als sie die Milch in den Kaffee rührt.

»Vielleicht wegen ihrer Osteoporose«, sagt Herr Blusch.

»Und warum ist ihr das Gebiss zerbrochen?«

Nun sieht Gerhard Blusch die Kommissarin ratlos an. Seine Augen flackern. Auf der Stirn stehen Schweißperlen, sein Adamsapfel fährt auf und ab. Der Herr Blusch ist wirklich kein guter Lügner, denkt die Kommissarin.

»Zeigen Sie mir doch noch mal, wie Sie Ihre Frau getötet haben.«

Die Kommissarin legt sich aufs Sofa und ärgert sich, dass sie einen Rock trägt, der ihr auf die Oberschenkel rutscht. Sie zieht an dem Rocksaum, während Gerhard Blusch das Kissen bringt. Ganz leicht legt er ihr das Kissen aufs Gesicht. Es riecht staubig.

»Herr Blusch, aber so kann Ihre Frau doch nicht erstickt sein.«

Gerhard Blusch drückt das Kissen jetzt fester auf ihr Gesicht. Aber sie bekommt ja immer noch bequem Luft, denkt die Kommissarin. Sie setzt sich auf und hält dabei ihren Rock. Der Herr Blusch starrt ihr ja auf die Beine.

»Nein, Herr Blusch«, sagt sie, »so kann es nicht gewesen sein mit Ihrer Frau.«

»So war es auch nicht«, sagt er nach einer langen Pause. Sein Gesicht ist jetzt weiß und glänzt wie das Wachs einer Kerze.

»Wie ist es denn gewesen, Herr Blusch?«

Er holt einen Laib Brot und legt ihn aufs Sofa. Dann legt er das Kissen über das Brot, dreht sich um, und plötzlich wirft sich Gerhard Blusch mit dem Gesäß auf das Kissen, mit aller Kraft, mit dem ganzen Gewicht. Die Brille rutscht ihm vom Kopf, die Haare werden ihm wirr, er steht auf, lässt sich fallen, steht auf, lässt sich fallen, und die Kommissarin wundert sich über die Kraft des Alten.

»So habe ich das gemacht«, keucht er schließlich und wischt sich den Schweiß von der Stirn.

Die Kommissarin betrachtet den zerdrückten Laib Brot. Das war der Fehler von Herrn Blusch, dass er ein einziges Mal in siebenunddreißig Ehejahren die Nerven verloren hat, denkt sie. Hätte er seiner Frau einfach den Mund und die Nase zugehalten, wäre doch keiner darauf gekommen, dass Erika Blusch gar nicht sterben wollte.

»Es war nichts Besonderes passiert«, sagt Gerhard Blusch mit seiner leisen Stimme, »aber plötzlich wollt ich sie nicht eine Sekunde länger ertragen.«

Dann reden sie nichts mehr, trinken den Kaffee und warten auf Rechtsanwalt Böhmer. Auf dem Rasen, der noch mal gemäht werden müsste vor dem Herbst, hocken schwarze Vögel.

Auf der Fahrt zur JVA in Frankenthal denkt die Kommissarin an Madeira, und Böhmer überlegt, Herrn Blusch zu raten, das Mandat doch besser einem der geübten Strafverteidiger aus Frankfurt zu erteilen.

»Wissen Sie, worauf ich mich freue?«, sagt Herr Blusch da von der Rückbank, »ich freu mich drauf, dass ich im Gefängnis mal wieder ein Fußballspiel ohne Schnee zu sehen bekomm.«

* * *

Gerhard Blusch wird wegen Totschlags an seiner Ehefrau in einem minder schweren Fall zu einer Freiheitsstrafe von drei Jahren und sechs Monaten verurteilt.

DER AUSFLUG
(Sylvia & Walter)

BLOMBACH. Zuerst hört er nur die Fliegen. Dass Fliegen so laut sein können, denkt Blombach. Seine Augen gewöhnen sich nur langsam an die Dunkelheit. Die Fliegen schwirren um einen Fleck. Im fahlen Licht wird aus dem Fleck ein Körper. Der Körper lehnt an einem Hackklotz. Im Nacken steckt eine Axt.

Erst jetzt fällt Blombach das Grunzen auf. Der Gestank der Schweine ekelt ihn. Als er näher an den Körper tritt, riecht Blombach das Blut. Einen Riecher für Blut hat er immer gehabt, neununddreißig Dienstjahre lang. Bald werden es vierzig sein, dann geht er in Pension. Vier Jahrzehnte. In denen er so etwas Grauenvolles wie das hier noch nicht gesehen hat.

»Mein Gott«, sagt Blombach, »widerlich ist das.«

»Ja«, sagt Finkbainer.

Blombach leuchtet den Stall ab. Schweine in ihren Boxen. Sie fressen, saufen, quieken, suhlen sich im Dreck. Was sonst?

Erst als der Lichtkegel den Hackklotz erreicht, hält Blombach die Lampe still. Beide Arme wurden dem Körper an den Schultergelenken abgetrennt. Ein dürrer Knochen ragt heraus wie die zerbrochene Speiche eines Rades. Die Leichenarme sind nackt und liegen auf dem Boden. Beide Oberarme tätowiert. Schlangen, vielleicht auch ein Frauenkörper, eine

Jahreszahl, 1974. Bei den Armstümpfen liegen die Handteller, davor die Finger.

Ein Bausatz, denkt Blombach, es sieht aus wie ein verdammter Bausatz. Auch den Kopf wollte man abschlagen. Aber die Axt blieb im Nacken stecken.

»Sein Schwanz«, sagt Finkbainer und leuchtet auf einen Teller mit einem Batzen Fleisch und Haut. Der Teller hat einen Goldrand. Sieht aus, als hätte man ihn genau für diesen Zweck hierhergeschafft, denkt Blombach.

»Dem wurde auch noch der Schwanz abgeschnitten«, sagt Finkbainer, als sähe Blombach das nicht selbst.

Dann fängt Finkbainer das Würgen an, läuft raus. Für den Augenblick, in dem die Tür offen steht, strahlt die Sonne in den Stall. Blombach geht in die Knie, leuchtet dem Toten ins Gesicht. Aber da ist gar kein Gesicht. Nur eine blutige Masse mit ausgeleerten Augenhöhlen, wo schon die Fliegen sitzen.

»Und das ist der Bauer?«, sagt Blombach, als Finkbainer zurück ist.

»Ja, er heißt Werner Michl. Siebenundvierzig, verheiratet, zwei Kinder. Seine Frau hat ihn gefunden.«

»Kein schöner Anblick. Da hat einer eine wahnsinnige Wut gehabt auf den.«

»Sieh mal«, Finkbainer leuchtet auf die Mistgabel, »da sind die Augen.«

Die Augen des Bauern stecken mannshoch auf Zinken der Gabel, deren Stiel in einem Strohballen pflockt. Jetzt ist es Blombach, dem das Würgen kommt.

»Sie haben ihm den Schwanz abgeschnitten, die Finger abgehackt und die Augen rausgerissen«, sagt Finkbainer. »Das macht man nicht, wenn man von einem nur das Portemonnaie will.«

»Vielleicht hatte auch seine Frau einfach genug von ihm?«, sagt Blombach.

»Glaub nicht, dass eine Frau das hier hinkriegt. Der ist doch bestimmt zwei Meter groß.«

Blombach leuchtet am Rücken der Leiche entlang. Die nur ein Unterhemd trägt. Es hat mindestens zwei Dutzend Löcher.

»Das haben sie ihm mit der Mistgabel besorgt«, sagt Blombach.

»Man hat ihn abgestochen wie ein Schwein«, sagt Finkbainer.

SYLVIA. Nie wird sie den Tag vergessen, an dem sie sich trafen. Morgens war sie noch todunglücklich gewesen. Und abends? Da fühlte sie sich wie eine Prinzessin. Nein, noch besser. Sie fühlte sich wie das glücklichste Mädchen auf der ganzen Welt.

Der Tag hatte damit angefangen, dass sie auf dem Amt war. Sie hatten wieder keine Arbeit. Schon seit vier Jahren hatten sie keine Arbeit für sie. Dabei ist sie ja nicht faul. Sie hätte alles gemacht. Putzen, Regale einräumen, Unkraut ziehen. Sie ist sich doch für nichts zu fein. Aber die Frau auf dem Amt hat nur den Kopf geschüttelt.

»Wieder nichts?«

»Wieder nichts.«

»Aber ich möchte so gerne was tun.«

»Dann nehmen Sie mal ein paar Kilo ab. Vielleicht hilft das.«

Sie weiß ja, dass sie zu dick ist. Aber das liegt an den Genen. Alle in der Familie sind dick. Ihre Schwestern, ihre Mutter, ihre Cousinen.

»Wir sind nun mal eine dicke Familie«, hat sie zu der Frau

vom Amt gesagt, »meine Oma war sogar dick, als Krieg war und keiner was zu essen hatte.«

»Ach so, das wusste ich nicht«, hat die vom Amt geantwortet, »dann Entschuldigung.«

Sie lief in die Stadt und aß gerade ein Mandelhörnchen, mit ordentlich Butter drauf, in der Backstube am Bahnhof, wo sie die Stehtische mit den blauweißen Hasendeckchen und den Hasentassen haben, die sie so süß findet. Da hat sie ihn gesehen.

Er kam mit einem Koffer von den Gleisen und hat sie angeschaut, als sei er geradewegs mit dem Zug zu ihr hingefahren. Er kaufte sich eine Semmel, mit Käse und Schinken und einem Salatblatt dazwischen. Da war es eigentlich schon passiert. Sie konnten ja gar nicht mehr woanders hingucken. Obwohl sie doch gar nicht zusammenpassten. Das war ja das Seltsame. Er war furchtbar dünn und sie eben furchtbar dick.

Als sie sich besser kannten, sagte er mal, wenn man ihr Gewicht und sein Gewicht zusammenrechnet und dann wieder in zwei Hälften teilt, seien sie eigentlich zwei ganz normale Menschen. Das fand sie lustig und außerdem unglaublich lieb von ihm.

Bis mittags saßen sie in der Backstube mit den Hasentassen, so viel hatten sie sich zu sagen. Ihr ganzes Leben haben sie sich erzählt. Und da wusste sie schon, dass der Walter was für immer war. Walter kam aus Tann. Der war einfach nach München gefahren, weil er mal in der Stadt sein Glück versuchen wollte.

»Und jetzt steige ich hier aus dem Zug und treffe dich!«, hat er gesagt. »Mehr Glück kann ich doch wohl gar nicht haben.«

Wann hatte schon mal jemand so was Liebes zu ihr gesagt? Sie hat ihn dann gleich mit nach Hause genommen, und als sie im Flur standen, wo die Tapete mit den gelben und roten Kühen war, da haben sie sich zum ersten Mal geküsst.

»Das ist jetzt unsere Wohnung«, hat sie gleich zu ihm gesagt.

»Du bist ja verrückt.«

»Ja, verrückt nach dir!«

Natürlich waren sie da schon im Bett gelandet, gleich am ersten Tag. Ihre Bettwäsche mit den lustigen Kühen, die über Betten, Tische und Stühle springen, die gefiel dem Walter auch. Sie hatten denselben Geschmack. Das ist ja wichtig, dass einem nicht andauernd unterschiedliche Sachen gefallen.

Sie hat die Zähne zusammengebissen, als er sein Ding bei ihr reinsteckte, so weh wie das tat. Aber sie hat sich nichts anmerken lassen. Sie wollte ihn ja nicht gleich wieder verlieren. Später sahen sie zusammen fern und gingen noch ins Mamma Mia. Sie aßen Pizza mit Thunfisch. Walter wollte keine Oliven, aber doppelt Sardellen. Sie musste lachen, denn sie mochte auch keine Oliven und bestellte sich auch gleich eine Extraportion Sardellen.

Später schliefen sie noch mal miteinander, und es tat wieder weh. Als der Walter neben ihr lag und schlief, dachte sie, trotzdem es so weh getan hat, es war der schönste Tag in ihrem Leben.

BLOMBACH. Die Frau von dem abgeschlachteten Bauern war ehrlich geschockt, denkt Blombach, als er mit Finkbainer vom Hof runterfährt. Nicht eine Träne hat sie vergossen, aber das ganz große Zittern hatte sie.

Blombach klappt die Sonnenblende runter, aus der Lüftung rauscht warme Luft in den Wagen. Der Asphalt flimmert unter der Hitze. Die Chausseebäume werfen lange Schatten. Die Berge haben schneeweiße Kuppen und ragen in einen makellos blauen Himmel. Blombach findet die Landschaft hier immer wieder makellos. An den Schweinestall vom Michl denkt er da nicht.

Sie halten beim Kraisthaler. Vor dem Lokal gibt es eine Wiese mit Kirschbäumen. Die Touristen sitzen dort im Schatten. In einem Sandkasten streiten Kinder um einen grellgrünen Plastikdelfin. Beim Kraisthaler ist es dunkel und kühl. Es läuft Schlagermusik. Am Tresen lehnen drei Bauern vor ihrem Bier. Die Männer sind sonnenverbrannt und kommen vom Heumachen. Hinterm Tresen steht ein Mädchen mit gewaltigem Dekolleté und hält sich am Zapfhahn fest.

Finkbainer sagt, was auf dem Bauernhof passiert ist. Die Männer und das Mädchen schütteln die Köpfe.

»Kennt jemand von euch den Michl?«, fragt Finkbainer.

»Den kennt hier jeder«, sagt der Wiesinger.

»Und? Was war der für einer?«

»Was soll der schon für einer gewesen sein?«

»Der hat ganz gern mal einen gesoffen«, sagt ein Schmächtiger, der Josef heißt.

»Die Meisten werden lustig, wenn sie was saufen«, sagt der Wiesinger. »Der Michl nicht. Der wurde hässlich.«

»Wundern tut's mich nicht«, sagt das Mädchen hinterm Tresen, »dass dem Michl so was passiert ist.«

»Was weißt du schon!«, sagt der Dritte, den die Anderen Schorsch nennen und der das Mädchen hinterm Tresen böse ansieht.

»Mach mir noch ein Dunkles, Roswita«, sagt der Josef.

»Warum wundert dich das nicht mit dem Michl?«, fragt Blombach. Die Männer drehen sich weg.

Roswita errötet. Sieht rüber zum Schorsch. Aber der starrt bloß in sein Glas.

»Na ja, weil er andauernd Streit hatte, der Michl. Mit allen«, sagt Roswita.

»Um was ging's denn, wenn der Michl Streit hatte?«

»Fast immer um die Weiber«, sagt der Wiesinger, »der Michl ist dauernd um die Weiber rumgeschlichen. Der geile Bock! Hat gedacht, sie gehören ihm, wenn er nur so macht.«

Wiesinger schnippt mit den Fingern.

»Der Roswita ist er auch nachgestiegen. Stimmt's, Roswita?«

Die junge Frau wird noch mal rot, sieht wieder zum Schorsch. Der sein Glas in einem Zug austrinkt und dann aus dem Fenster starrt. Roswita nickt, sagt aber nichts mehr.

»Und das gefiel den Anderen nicht an dem Michl?«, sagt Finkbainer.

»Würd's dir vielleicht gefallen, wenn ich mir deine Frau schnappe?«, sagt der Josef.

»Und die Frau vom Michl? Was hat die dazu gesagt?«

»Die Leni?«, sagt der Wiesinger. »Die hat doch immer nur geheult wegen den ganzen Weibern, die der Michl angeschleppt hat. Angeblich hat er sie für den Stall oder die Küche geholt. Dass ich nicht lache. Gepimpert hat der Michl die. So war's!«

»Zu mir hat er mal gesagt, Josef, ich nehm nur Dicke und Hässliche. Mit denen geht's am schnellsten ins Heu.«

»Kennt ihr welche mit Namen, die bei dem Michl gearbeitet haben?«, fragt Blombach.

»Die waren alle von woanders«, sagt der Schorsch mit einer rostigen Stimme, »sogar aus Polen und Norddeutschland kamen die. Da waren welche, die hatten noch nie eine Kuh gesehen.«

Die Männer lachen.

»Lang geblieben sind die aber nie. Nach ein paar Wochen

waren sie verschwunden. Und dann kam auch schon eine Neue«, sagt der Wiesinger.

»Gibt's auch jemand hier, dem das leidtut, dass der Michl nicht mehr ist?«, fragt Finkbainer.

»Wüsste nicht, warum«, sagt der Schorsch.

»Wollt's noch ein Bier?«, fragt die Roswita.

SYLVIA. Nach drei Wochen hat es der Walter dann auch gemerkt, dass es bei ihr weh tut, wenn sie miteinander schlafen.

»Liegt das an mir?«, fragte er ganz vorsichtig.

»I wo, ich hatte eine Entzündung da unten. Deshalb tut's weh.«

Das war das erste Mal, dass sie den Walter anlog. Eine Notlüge. Weil sie doch dachte, dass sich das mit den Schmerzen schon noch gibt. Danach hat sie immer so getan, als würde es nicht mehr weh tun. Wenn der Walter schon schlief, hat sie manchmal geweint.

Sechs Wochen nachdem sie sich am Bahnhof begegnet waren, sind sie mit dem Bus nach Rügen gefahren. Weil sie doch in ihrem Leben noch nie das Meer gesehen hatte. Es war kühl dort, obwohl schon Mai war, aber wunderschön. Sie spazierten auf einen Steg hinaus, dass Sylvia dachte, sie stehen mitten im Meer. Sie fuhren auch mit einer Taucherglocke auf den Grund der Ostsee. Was da alles herumkrabbelte, da unten.

Aber mit den Schmerzen, das hörte nicht auf bei ihr. Sie hatten ein Zimmer in einer Pension. Jeden Tag schliefen sie miteinander, manchmal morgens und abends. Am dritten Abend konnte der Walter auch nicht mehr.

»Ich seh doch, dass es dir weh tut. Dann geht's bei mir auch nicht«, hat er gesagt. »So lieb, wie ich dich hab, Sylvia.«

Sie fing an zu weinen und hat ihm dann erzählt, was mit

ihr los ist. Was auf dem Hof passiert ist, bei dem Schweinebauern im Allgäu. Eigentlich wollte sie ja nie auch nur ein Sterbenswörtchen davon sagen. So wie sie sich dafür schämte.

Sie hat dem Walter erzählt, wie sie das Inserat in der Zeitung gelesen hat, dass eine Magd gesucht wird. Und dass sie einen Brief geschrieben hat, wo sie doch so lang schon keine Arbeit hatte. Der Michl hat sie sofort mit dem Wagen in München abgeholt und war erst ganz nett.

Aber schon am ersten Abend ist er in ihr Zimmer gekommen. Sie dachte noch, dass er frische Handtücher bringt, aber da hat er sie schon aufs Bett geworfen und ihr die Sachen heruntergerissen. Als er fertig war, hat er mit seinem Handy ein Foto von ihr gemacht, wie sie da nackt auf dem Bett lag, mit den Beinen breit, und dann hat der Michl gesagt, dass er das Foto ins Internet bringt.

»Damit ein jeder auf der Welt sehen kann, was du für eine dreckige Schlampe bist.«

Von dem Tag an kam der Bauer jeden Tag. Er brachte auch Sachen mit. Handschellen, Peitschen, einmal quetschte er ihr die Brust mit einer Zange, ein anderes Mal musste sie eine Maske aufsetzen, aus Leder. Und der Michl hat sie angepinkelt.

Sie konnte gar nicht alles erzählen, was der Michl mit ihr gemacht hat, sie hatte ja Angst, dass der Walter sich ekelt vor ihr und sie da sitzen lässt, in der Pension Feierabend. Sie hätte es sogar verstehen können. Welcher Mann will schon eine Frau, mit der ein Anderer schon mal so was Schmutziges gemacht hat? Aber als sie fertig war mit dem Erzählen, hat der Walter sie in den Arm genommen.

»Ich liebe dich, Kleines«, hat er gesagt.

Da musste Sylvia weinen, wie sie noch nie zuvor geweint hatte. In ihrem ganzen Leben nicht. Alles Unglück, das ihr je geschehen ist, hat sie ausgeweint. Auch dass sie in dem Heim war, bei den Nonnen. Wo man sie auch geschlagen hatte.

»Was habt ihr für einen Scheißgott, wenn der euch erlaubt, dass ihr Kinder schlagt!«, hatte sie einmal gesagt. Weshalb sie noch mehr geschlagen wurde.

»Ab jetzt musst du nie mehr weinen, Sylvia«, hat der Walter gesagt. »Jetzt pass ich ja auf dich auf.«

BLOMBACH. Er nimmt die schwarze Krawatte ab. Wenn er mal zum Polizeipräsidenten muss oder auf den Friedhof, wie gerade eben, als sie den Michl beerdigt haben, für solche Anlässe hat er die Krawatte in der Schublade.

»Wie der Herrgott nur all diese Lügen erträgt«, sagt Blombach und nimmt die Akte auf. »Nirgendwo wird so viel gelogen wie auf dem Friedhof.«

»In jedem Menschen steckt was Gutes, hat meine Mutter immer gesagt«, sagt Finkbainer und grinst.

»In dem Michl nicht.«

Er betrachtet die Fotos von den Mädchen, die Werner Michl sich auf den Hof geholt hat. Nach den Angaben von Frau Michl waren es bestimmt dreißig gewesen. Vielleicht auch vierzig. Sie haben die Fotos von siebzehn Mädchen gefunden. Michl hatte sie in einem Holzkasten versteckt. Im Schweinestall. In dem Kasten waren auch die Antwortbriefe der Mädchen auf Michls Inserate.

Der Josef, der beim Kraisthaler saß, hatte Recht, denkt Blombach. Die Mädchen auf den Fotos sind fast alle dick und hässlich. Auf die Rückseiten der Bilder hat Michl mit einer Kinderschrift die Namen und das Alter der Mädchen notiert. *Natalie 32 Jaar von Hammburg, Margot 29 Jaar von Nürnberg, Ewa 21 Jaar von Polen.* Deutsch konnte der auch nicht, denkt Blombach.

In dem Holzkasten waren noch Peitschen, Ketten, Zangen, Dildos, Masken, Knebel, Messer und ein Schlagring. Anscheinend hat es dem Michl gefallen, wenn die Mädchen Angst hatten. Das sieht Blombach auf den Fotos. Die gucken in die Kamera, als hätte der Michl ein Beil dabei. Manchmal ist der Bauer auch selber drauf, Selbstauslöser. Fast immer lacht er.

Blombach schiebt Finkbainer die Fotos über den Tisch.

»Der Michl ist wirklich ein Schwein.«

»Ich schick eine Streife los mit den Fotos«, sagt Finkbainer, »ob jemand eine von denen in letzter Zeit hier gesehen hat.«

»Mach das«, sagt Blombach. »Auch wenn ich mich frag, ob's überhaupt ein Verbrechen ist, einen wie den Michl abzustechen.«

SYLVIA. Als sie von Rügen zurück waren, hat der Walter immer wieder vom Michl angefangen. Was der für ein Schwein ist. Ein Perverser. Eine Drecksau. Manchmal war es Sylvia richtig unheimlich, dass der Walter so eine Wut hatte auf den Michl, den er doch gar nicht kannte.

Sie schliefen nun überhaupt nicht mehr miteinander.

»Wenn's dir weh tut, dann will ich's auch nicht«, hat der Walter gesagt.

Bis auf die bösen Worte über den Michl war der Walter ja ein ganz Lieber. Manchmal lagen sie den ganzen Tag auf dem Bett, sahen fern, streichelten sich, knabberten Salzbrezeln. Sie hatten ja Zeit, der Walter fand auch keine Arbeit. Walter hatte Installateur gelernt. Das hat ihm auch gut gefallen. Aber dann hat er mal was vertauscht, irgendwelche Rohre für das Gas. Der Geselle hatte die falsch beschriftet. Jedenfalls ist aus den Rohren Gas rausgekommen, es gab eine Explosion und das ganze Haus ist in die Luft geflogen. Aber die Schuld haben sie nicht dem Gesellen gegeben, sondern Walter.

Dem Walter hat's die Hände verbrannt, das sieht man noch an den Narben. Er hat's dann dem Gesellen heimgezahlt. Der Walter hat ein Gasrohr genommen. Den Schädel und den Kiefer hat er dem Gesellen gebrochen. Dafür musste er ins Gefängnis.

»Im Knast wollt ich mich schon umbringen, weil immer alles schiefläuft bei mir«, hat der Walter gesagt.

»Bloß nicht, ich lieb dich doch.«

»Dann magst mich sicher heiraten, Sylvia, oder?«

Und sie hat nicht lang überlegen müssen, sie hatte schon darauf gewartet, dass er sie fragt. Das muss ja der Mann zuerst sagen, dass er heiraten will, sonst ist es kein richtiger Antrag.

»Ja, ich will dich heiraten«, hat sie geantwortet.

Nach dem Standesamt sind sie ins Mamma Mia und haben Pizza mit Thunfisch gegessen, ohne Oliven, aber mit doppelt Sardellen.

»Ich liebe dich«, hat sie da zu Walter gesagt.

»Ich lieb dich mehr!«

»Nein ich!«

»Nein ich!«

Uns so ging das immer weiter mit ihnen, bis sich die Leute an den anderen Tischen nach ihnen umdrehten und komisch guckten.

BLOMBACH. Der Michl ist seit einer Woche tot, ist schon unter der Erde, der Körper, die Arme, die Handteller und die Finger, alles einzeln im Sarg. Und sie? Haben immer noch keine Spur, denkt Blombach. Die Streife hat auch niemanden gefunden, der eines von den Mädchen auf den Fotos kannte.

Dann geht Blombach selber noch mal los. Zuerst zum Bahnhof, wo der Gebauer Stationsvorsteher ist. Der sieht jeden, der ankommt, und jeden, der wegfährt. Gebauer sagt, er sei auf Fortbildung gewesen. »Da hättet ihr schon nach Frankfurt kommen müssen mit euren Bildern.«

Der Stationsvorsteher neigt den Kopf leicht nach links, als er die Fotos der Reihe nach durchsieht. Bedächtig schiebt er sie auf den Tisch vor sich hin, der Gebauer ist ein ordentlicher Mensch, denkt Blombach, der sagt nicht einfach was daher.

»Die da«, sagt Gebauer, »die war letzten Freitag hier. Mit dem Neunachtundfünfziger aus München.«

»Allein?«

»Einen ganz Dünnen hatte sie dabei«, sagt Gebauer. »Als hätte der grad eine Hungersnot hinter sich, so dürr. Bestimmt frisst die Dicke dem Dünnen alles weg, hab ich noch gedacht.«

Gebauer lacht. Blombach dreht das Bild um, auf der Rückseite steht: *Sylvia 33 Jaar von München.*

SYLVIA. Im ersten Jahr nach der Hochzeit hat sie noch mal fünfzehn Kilo zugenommen. Sie hatten es sich gemütlich gemacht, der Walter und sie. Wenn's draußen schlecht war, lagen sie manchmal den ganzen Tag im Bett, aßen Paprikachips, spielten auf der Playstation oder sahen sich lustige Sachen im Computer an.

Und es verging kein Tag, an dem der Walter nicht eine Riesenwut auf den Michl bekam. Sylvia hätte lieber gar nicht mehr an den gedacht. Auf der Playstation hatte der Walter ein Spiel, da war er ein Superman, der den Armen hilft. Und die Bösen, die hatten Köpfe, mit denen sie Raketen und Laserstrahlen abfeuerten. Die Bösen nannte der Walter immer die Michlarmee. Und wenn er einen von denen fertiggemacht hat, dass der keinen Mucks mehr von sich gab, dann lachte der Walter.

»Na wie fühlst dich, Michlschwein?«

An einem furchtbar heißen Tag sind sie mit dem Zug rausgefahren aufs Land. Sylvia wusste gar nicht, wo es hinging. Er wolle sie überraschen, hat der Walter gesagt. Und plötzlich stiegen sie in dem Dorf vom Michl aus.

»Ich will mir das Schwein mal aus der Nähe ansehen«, hat der Walter gesagt.

Sie sind dann zu dem Hof gegangen. Sylvia hat nach Luft geschnappt, so heiß, wie es war. Schon auf dem halben Weg hatte sie einen Sonnenbrand. Richtig schlecht wurde ihr, als sie den Hof sah. Da kamen die ganzen Erinnerungen ja gleich wieder hoch. Sie stellten sich in den Schatten, unter einen Baum, und haben gewartet, dass sie den Michl sehen. Da liefen nur ein paar Hühner rum, und aus dem Stall hat man die Schweine gehört. Der Lieferwagen vom Michl war nicht an seinem Platz, den hatte bestimmt die Leni, seine Frau. Die verkaufte ja freitags immer das Obst auf dem Markt in der Stadt.

BLOMBACH. Sie sind auf der Autobahn nach München. Finkbainer fährt. Blombach denkt wieder, wie makellos das Land doch ist. Die saftigen Wiesen, die sanft ansteigenden Hügel, die weiten Wälder, der See, der in der Sonne glitzert. Den Namen und die Adresse von der Dicken herauszufinden war nicht schwer.

Es passt ja alles zusammen, denkt Blombach. Der Zeitpunkt, als Sylvia Bretschner und der Dünne am Bahnhof ankamen, und wann sie wieder fuhren – genau dazwischen ist der Michl abgestochen worden, das steht fest. Dann noch die Fußspuren im Stall und die Fingerabdrücke an der Axt.

»Viel Mühe haben die sich nicht gegeben, keine Spuren zu hinterlassen«, sagt Blombach.

»So dumm kann doch keiner sein, da am helllichten Tag hinfahren und den Michl zerhacken«, sagt Finkbainer.

»Und wenn die Bretschner doch nichts mit der Sache zu tun hat?«, sagt Blombach. »Vielleicht war sie einfach nur mit ihrem Macker auf Ausflug.«

»Glaubst du das wirklich?«

»Weiß nicht.«

»Siehst du.«

SYLVIA. Eine halbe Stunde haben sie im Schatten gesessen und gewartet, dass was passiert auf dem Hof. Aber da passierte nichts.

»Lass uns heimfahren«, hat Sylvia gesagt, die den Michl ja gar nicht wiedersehen wollte.

Und gerade in dem Moment geht die Haustür auf, und der Michl kommt raus. Sylvia hat sich richtig erschrocken, als sie den sah. Der hatte nur ein Unterhemd an und die kurze Hose, die so weit von den Beinen absteht. Mit der Hose war der Michl ja auch manchmal zu ihr gekommen.

Der Michl ging in den Schweinestall. Sie schlichen hinterher, und dann flüsterte der Walter, sie soll den Michl rufen. Da klappte sie die Tür auf und rief in den Stall hinein.

»Michl, bist da? Ich bin's, die Sylvia aus München!«

Und dann kam der Michl auch schon, der ist ja viel größer als der Walter, dachte sie noch. Aber der Michl hat den Walter gar nicht gesehen, und als der Michl aus der Tür kam und sie angegrinst hat, mit diesem widerlichen Grinsen, das sie ja schon kannte, da hat er gesagt:

»Ach, die schöne Sylvia. Willst mal wieder durchgefickt werden?«

Und in dem Augenblick krachte das Rohr ihm mitten ins Gesicht. Wo der Walter das auf einmal herhatte. So fest zugeschlagen hat er, dass da richtig was geknackt hat.

Dem Michl ist der Kopf nach hinten geflogen, und er ist in die Knie gegangen, und eh der Michl wusste, was los war, hat der Walter schon wieder zugeschlagen. Diesmal auf den Hinterkopf.

In den Schweinestall haben sie ihn gezogen, bis zu dem Klotz, wo der Michl das Holz hackt. Sie wäre am liebsten gegangen, es war ihr ja unheimlich, dass der Michl sich nicht mehr bewegte. Aber dann hat sie den eiskalten Blick vom Walter gesehen.

Er hat dem Michl wieder das Rohr ins Gesicht geschlagen, immer wieder, und schließlich hat er die Axt genommen. Einmal ist ihr Blut ins Gesicht gespritzt, da hat sie geschrien. Der Michl hat nur noch einmal gestöhnt, nur so ganz kurz, aber dann war da nichts mehr, nur noch das Grunzen von den Schweinen.

Der Walter hat ihr die Mistgabel gegeben und gesagt, sie soll sie dem Michl in den Rücken rammen, dann würd's ihr besser gehen. Erst wollte sie nicht, aber nach dem ersten Mal fing es an, ihr zu gefallen. Immer und immer wieder hat sie zugestochen, bis der Walter ihr die Mistgabel aus der Hand genommen und ein Messer aus dem Rucksack gezogen hat. Damit hat er dem Michl den Schwanz abgeschnitten. Dann hat er einen der Teller mit Goldrand genommen, den er von zu Hause mitgebracht hat, und den Schwanz daraufgelegt.

»So, damit tust der Sylvia nicht mehr weh, du dreckiges Schwein«, hat der Walter gesagt.

Danach hat er dem Michl die Arme abgeschlagen und auch noch die Hand und dann die Finger von den Händen, weil der Michl sie ja damit angefasst hat. Am Schluss hat er dem Michl noch die Axt in den Nacken geschlagen. Eigentlich wollte der Walter dem Michl den Kopf abschlagen, aber das hat er nicht geschafft. Dann sind sie gegangen.

Dass das so einfach war, einen umzubringen, hätte sie sich auch nicht gedacht. Sie sind den Weg zum Bahnhof zurückgelaufen und mussten nicht mal lange auf den Regionalexpress warten. Als sie in München aus dem Zug gestiegen sind, sind sie erst mal zu der Backstube, die mit den Hasentassen, und da haben sie Kaffee getrunken und Salzbrezeln gegessen. Der Walter hat so komisch gegrinst.

»So, jetzt geht's mir besser!«

BLOMBACH. Wo die Bretschner wohnt, ist es hässlich, denkt Blombach. Graues Mietshaus, fünf Etagen. Bestimmt fünfzig Jahre alt. Die Nummer 34. Davor fahren die Autos auf vier Spuren. Da hat sie's beim Michl draußen schöner gehabt. Zumindest was die Landschaft angeht.

Blombach hat Fotos von Werner Michl dabei. Auf einem lebt er noch, auf dem anderen ist er tot. Da sieht man nur noch das zermatschte Gesicht. Die Fotos will er Sylvia Bretschner zeigen.

Sie haben Mühe, über die Straße zu kommen, so dicht ist der Verkehr. Finkbainer wartet an der Tür, bis jemand das Haus verlässt. Dann gehen sie rein in den Flur. Drinnen riecht es nach Kohl und nach Essigreiniger. Neben den Briefkästen hängt der Plan für die Treppenhausreinigung.

SYLVIA. Eine Woche ist es her, dass das mit dem Michl passiert ist. Am nächsten Tag hat's groß in der Zeitung gestanden, dass einer den abgeschlachtet hat. Da war auch ein Foto vom Michl in der Zeitung. Auf dem lächelt er, als könnte er keiner Fliege was zu Leide tun.

Im Fernsehen haben sie das auch gebracht von dem Michl. Den Hof haben sie gezeigt, da standen Polizeiautos und ein Leichenwagen. Mein Gott, das hat sie ja gar nicht gewollt, denkt Sylvia, dass dem Michl das passiert. Auch wenn's ihm recht geschieht. Im Fernsehen haben sie gezeigt, wie zwei Männer in grauen Kitteln den Sarg zum Auto tragen. Und wie die Hühner den Sargträgern aufgeregt zwischen den Beinen herumflattern. Als könnte es das Federvieh gar nicht fassen, dass der Michl tot ist.

Den Walter hat sie noch nie so fröhlich gesehen wie in den letzten Tagen. Er pfeift und singt, sie haben sogar miteinander geschlafen. Es hat kaum noch weh getan. Vielleicht wird ja doch noch alles gut, denkt Sylvia.

Am Morgen hat sie im Fernsehen einen Film gesehen, von einem Jungen und einem Mädchen, die sich ein Auto geschnappt haben und durch die Wüste gefahren sind, an den einsamsten Ort der Welt.

»Da will ich auch hin«, hat sie zu ihrem Walter gesagt, »mit dir an den einsamsten Ort der Welt!«

Gelacht hat der Walter da. Dass sie bald von hier verschwinden, sehr bald sogar, hat er ihr versprochen.

»Wirst schon sehen«, hat er noch gemeint.

Es schellt. Sie hat wirklich die witzigste Klingel von der ganzen Welt, denkt Sylvia. Die Schelle muht wie eine Kuh. Als der Walter das zum ersten Mal hörte, hat er sich kaum noch eingekriegt, so lustig fand er das.

»Warte!«, sagt Walter, als Sylvia schon an der Tür ist.

Walter steht in der Küche, neben dem Kühlschrank und dem Herd, er hat eine Zange in der Hand. Warum, weiß Sylvia nicht. Kaputt war nichts in der Küche.

An der Tür klopft es.

»Frag, was sie wollen«, flüstert Walter.

Sylvia lehnt den Kopf gegen die Tür.

»Was wollen Sie?«, ruft sie.

»Frau Sylvia Bretschner?«, sagt eine Männerstimme.

Sie schaut hinüber zu Walter. Er nickt.

»Ja, die bin ich!«

»Öffnen Sie bitte die Tür. Wir sind von der Polizei. Wir haben einige Fragen an Sie.«

Wieder sieht sie hinüber zu Walter. Der grinst. Woher der Walter nur das Grinsen nimmt, denkt sie, wo doch die Polizei vor der Tür steht. Die kommen doch bestimmt wegen dem Michl, wieso denn sonst?

»Mach auf«, flüstert Walter.

Sylvia zieht den Riegel zurück, dann dreht sie den Schlüssel im Schloss. Sie sieht noch einmal hinüber, der Walter lächelt noch immer. Sie zieht die Tür auf. Zwei alte Polizisten sind das. Die beiden sehen gar nicht aus wie von der Polizei, denkt sie noch. So freundlich, wie die lächeln. Und Sylvia lächelt auch.

Also lächeln alle, als das Gas explodiert. Der Knall ist sogar noch am Stachus zu hören, und die Scheiben fliegen im Umkreis von anderthalb Kilometern aus den Fenstern. Für einen Augenblick hält die Stadt den Atem an. Dann geht das Leben weiter.

* * *

Walter Römer (31) verstirbt unmittelbar nach der Gasexplosion. Sylvia Bretschner (27) erliegt einige Tage später auf der Intensivstation des Unfallkrankenhauses ihren Verletzungen. Der Kriminalkommissar Gerd Blombach (59) ist drei Wochen nach der Explosion außer Lebensgefahr. Der linke Arm muss ihm amputiert werden. Er verliert ein Auge.

Blombach wird pensioniert, kann sich nur noch in einem Rollstuhl fortbewegen. Kommissar Karl-Georg Finkbainer (45) wird bei der Explosion ebenfalls schwer verletzt. Seit der Explosion ist er schwerhörig. Nach einem dreiviertel Jahr nimmt er seinen Dienst bei der Polizei wieder auf. Er arbeitet im Referat Online-Kriminalität.

DER KÖLNER
(Monika & Rainer)

1974. Die ihn näher kannten, nannten den Kölner damals noch Raini. Rainer Planck war vor drei Jahren von Mühleip nach Köln gezogen. Er hatte vierunddreißigtausend Mark geerbt und wollte sein Leben nicht länger bei den Jauchegruben verbringen. In der Stadt bekam er eine Schwäche für Martinis und schnelle Autos. Von dem Erbe kaufte er sich einen Aston Martin. Außer ihm fuhr keiner in Köln einen solchen Wagen. Auch bei den Mädchen lief es für ihn.

Dann traf er Monika. Sie war es, die Raini vom Saufen abbrachte. Wegen ihr verkaufte er auch den Sportwagen. Mit Monika und Rainer Planck hätte alles gut gehen können. Er wurde der beste Mechaniker bei Ford Caspers in Bickendorf. Monika zählte als Verkäuferin im Modehaus Gayser abends oft die meisten Bons in der Kasse. Jede freie Minute verbrachten sie zusammen.

In ihrer Wohnung hing ein Kreuz und das Bild von ihrer Hochzeit. Monikas Kleid hatte eine zweieinhalb Meter lange Schleppe. Sie bewahrte es im Schrank unter einer Plastikhaube auf. Jeden Sonntag gingen sie zur Messe in den Dom. Wenn sie mal einen Jungen bekämen, sollte der Christopher heißen. Nach dem Heiligen Christopherus.

Dann wurde Monika krank. Nach zwölf Monaten war sie nur noch Haut und Knochen. Rainer versuchte sie zu trösten. »Egal, was noch geschieht, nie wieder lasse ich eine an mich ran.« Trotz der Schmerzen, die sie hatte, lächelte Monika, als er das sagte.

Jeden Morgen steckte Planck beim Umsteigen in die Straßenbahn nach Bickendorf im Dom fünfzig Pfennig in den Opferstock und zündete eine Kerze an. Zuerst, damit Monika bald wieder gesund würde. Später dann, dass der liebe Gott sie doch bloß endlich sterben lasse.

Als Monika schließlich auf dem Totenbett lag, mit einem Gesicht, als sei sie totgeprügelt worden wie ein tollwütiger Fuchs, wusste Rainer Planck, dass er nichts mehr mit einem Gott zu tun haben wollte, der einen lieben Menschen wie Monika so leiden lässt. Von dem Tag an galt für ihn nichts mehr, was Gott oder der Staat vorschrieben. Von da an galten ihm nur noch seine eigenen Gesetze.

2009. Als der Richter am Schwurgericht Karlsruhe fünfunddreißig Jahre später den Angeklagten Rainer Planck fragt, wie denn ein ursprünglich ordentlicher und sogar gläubiger Kerl wie er bloß so auf die schiefe Bahn geraten konnte, da denkt Rainer Planck, den in der Brunnenstraße in Karlsruhe alle nur den Kölner nennen, dass ihm die Zeit in Köln wie das Leben eines Anderen vorkommt.

Dann antwortet er dem Richter, an allem sei einzig und allein der liebe Gott schuld.

2008.

»Er ist also dein Bruder?«

»Ja, er ist ein Jahr jünger als ich, er …«

»Halt's Maul, du lügst ja doch.«

»Nein, nein, er will sich eine Arbeit suchen, er …«

»Und warum fickst du dann mit deinem eigenen Bruder?«

»Wie kommst du denn …?«

»Halt die Schnauze!«

Er will ihre Lügen nicht mehr hören. Diese verdammten Lügen, in einem Akzent, der ihm mal gefallen hat, weil er so rau und echt klang. Sie sagte, sie komme aus Russland, ihre Stadt heiße Ruza. Man habe sie vergewaltigt und das Haus ihrer Eltern angezündet.

»Ich liebe dich doch«, sagt sie jetzt.

»Eine Schlampe bist du!«

Sie trägt einen rostroten Pulli mit tiefem Ausschnitt, Lacklederstiefel, schwarze Strümpfe und einen kurzen Rock. Er kann ihren Slip sehen. Er ist dunkelrot. Sie liegt auf dem Rücken. Er hat ihr die Hände und die Füße mit Handschellen ans Bett gefesselt. Sie versucht sich an einem Lächeln. Ihre Augen funkeln, sie spitzt die Lippen.

»Hör auf zu grinsen«, sagt er.

»Kannst du mir denn nicht verzeihen?«, sagt sie.

Vor acht Wochen ist sie zu ihm gekommen. Sie wollte ein Zimmer, und er hat ihr die Sieben gegeben. Die Kerle standen Schlange bei ihr, schon gleich am ersten Abend. Und als er morgens um vier Uhr die Haustür des »123« abschloss, trug sie ein gelbes Sommerkleid, als wollte sie zum Blumenpflücken.

»Kann ich bleiben?«, hat sie gefragt.

Üblich ist das nicht. Üblich ist, dass die Mädchen abgeholt werden nach der Arbeit. Von nutzlosen Dreckskerlen in großen Schlitten.

»Ausnahmsweise«, hat der Kölner gesagt.

Eigentlich war er das gar nicht selber, der das gesagt hat. Es war der Raini in ihm. Planck hat sich mit Marina ins Bett gelegt, sie ist sofort eingeschlafen, und er hat sie im Arm gehalten. Ihm ging noch durch den Kopf, was er Monika versprochen hatte. Aber er fand, es war lange genug her.

Mädchen hatte Planck ja oft. So viele, dass er sie gar nicht zählen kann. Aber nie hat er eine in seine Wohnung gelassen, in all den Jahren nicht.

Bei Marina war alles anders. Nach ein paar Wochen waren sie ein Paar, sie zog bei ihm ein, und er verbot ihr, weiter anschaffen zu gehen. Ihr war das nur recht. Während die Männer durch die Flure des »123« streunten, haben Rainer und Marina ferngesehen, gekocht, sich unterhalten oder Schach gespielt. Marina ist gut im Schach.

Die Russin stöhnt jetzt, schüttelt die Arme. Die Handschellen rasseln, schneiden ihr in die Haut. Sie will die Beine bewegen. Wieder blitzt der Slip auf.

»Ich habe Durst«, sagt sie.

Langsam kommt Planck aus dem Sessel hoch, füllt ein Glas Wasser, hält es an ihre Lippen. Das Wasser läuft ihr über den Mund, über die Wangen, tropft aufs Kissen. Sie hustet.

»Danke«, stammelt sie.

Nach der Beerdigung von Monika ging Planck nicht mehr in die Autowerkstatt. Ihre Wohnung löste er auf. Nur das Hochzeitskleid behielt er. Da saß er in einem möblierten Zimmer am Eigelstein mit einem Hochzeitskleid und wusste nicht weiter.

Bis eine Band aus Glasgow in Köln auftrat, draußen in Mühlheim. Planck war früh da und drückte sich an der Halle rum, bis ihn jemand fragte, ob er mal mit anfassen könnte. Also packte er sich die Kisten. Später schlurfte der Sänger hinter die Bühne. Auf den Plakaten hatte er viel größer ausgesehen. Terry war tätowiert, und die Haare trug er bis zum Hintern. Terry gab Planck die Hand, aber als der zupacken wollte, knuffte Terry ihm die Faust in den Bauch und lachte. Er wusste ja nicht, dass Rainer Planck sich nicht gern auslachen lässt. Blitzschnell packte er den Sänger, stemmte ihn hoch, ließ ihn da baumeln wie ein Äffchen an der Kletterstange.

Rainer dachte schon, das wäre es dann mit dem Konzert. Aber zu seiner Überraschung boten sie ihm einen Job als Terrys Leibwächter an.

Sie wimmert jetzt. Ganz leise. Wie ein Baby, das es aufgegeben hat, nach der Milch zu brüllen. Sie ist ein verdammt hübsches Baby, denkt Planck. Er zerrt ein Laken aus dem Schrank, wirft es über sie. Damit er sie nicht mehr sieht.

»Bitte nicht«, sagt sie.

»Doch«, sagt er.

Die Mädchen im »123« hatten immer Respekt vor ihm. Er hat den Laden seit zwanzig Jahren. Da reichen schon ein paar Blicke, dann spuren alle Mädchen. Wie das geht, hat er bei Terry und der Band gelernt, auf den Touren durch England, Schweden, Deutschland, Frankreich, Griechenland. Nur wenn's nicht mehr ging, für diese Fälle hatte Planck Schlagring und das Schnappmesser in der Tasche. Vierzehn Verurteilungen wegen Körperverletzung hat ihm der Job bei Terry eingebracht. Einmal saß er deswegen in Oslo, ein anderes Mal in Mannheim im Knast.

Das mit den Nutten hat er auch auf Tour gelernt. Er musste den Jungs ja nicht nur Sprit, Pillen und Koks besorgen. Sondern auch Mädchen. Weil Terry die Professionellen lieber waren als Groupies. Mit der Zeit bekam Planck einen Blick für die Mädchen.

Sonst hätte er den Laden in Karlsruhe ja nicht aufgemacht. Sechzehn Appartements hat das »123«. Jedes Appartement hat ein schönes Bad, ein schönes Bett, gedämpftes Licht. Überall Spiegel, auch unter den Decken, alles in Rot, die Vorhänge, die Flure. Von den Touren mit den Schotten wusste der Kölner, wie ein Puff aussehen musste.

Terry und Rainer wurden Freunde. Terry hat sogar mal einen Song für ihn geschrieben. »Inconsolable«. Als Terry das Lied zum ersten Mal auf der Bühne brachte, in Malmö, in einem Schuppen beim Güterbahnhof, da stand Rainer Planck hinter dem Vorhang und hat geflennt.

Irgendwann fing Terry mit dem Heroin an.

»Terry, lass die Finger von dem Scheißzeug«, hat Planck oft gesagt.

Aber Terry war ja eine Kerze, die von beiden Enden brannte. Der hat auf keinen gehört. Auch nicht auf ihn. In Livorno hat Planck ihn dann auf dem Zimmer gefunden. Da hat Terry nur noch geröchelt.

Der Kölner geht ans Fenster. Es macht ihn immer noch fertig, wenn er an Terry denkt. »Inconsolable«. Verdammt noch mal. Es dämmert. Ein Streifenwagen mit eingeschaltetem Blaulicht fegt vorbei. Eine Horde KSC-Fans marschiert grölend in Richtung Bahnhof. Sonst ist es ruhig. Erst wenn es richtig dunkel ist, dann kommen die Braven. Die Familienpapis mit den zusammengerollten Hundertern in der Tasche laufen da rum, als seien sie versehentlich in die Brunnenstraße geraten.

»Rainer, bist du noch da?«, wimmert sie unter dem Tuch.

»Was willst du?«

»Bitte lass mich gehen.«

Der Kölner sagt nichts. Alles andere hätte er ihr vielleicht noch verziehen. Aber nicht das mit dem Hund. Planck hatte ihn nach dem besten Freund genannt, den er je hatte. Terry war nicht sein erster Schäferhund. Drei Terrys sind schon an Altersschwäche gestorben seit damals. Dieser hier war noch jung. Jeden Tag ist er mit ihm die Kaiserstraße rauf und runter. Die Leute haben sich nach ihnen umgedreht. Er ja immer im feinen Ausgehanzug, mit Schlips und Kragen.

Auch bei 36 Grad oder bei Regen. Ganz egal. Und der Hund mit dem funkelnden Halsband. Die Leute konnten sich gar nicht sattsehen an dem Kölner und dem Hund.

Marina mochte den Hund doch auch. Als sie nach dem Zimmer fragte im »123«, hat sie Terry gleich das Fell gestreichelt.

»Was für ein schöner Hund«, hat Marina gerufen.

»Pass auf, der beißt dir die Hand ab«, hat Planck gesagt und gelacht.

Als Marina bei ihm einzog, hat Terry sie andauernd angeknurrt. Weil er seinen Platz im Bett räumen musste für sie. Aber nach ein paar Tagen hatte Marina den Hund genauso um den Finger gewickelt wie ihn, denkt Planck.

In der Fensterscheibe ist sein Spiegelbild. Einen alten müden Wolf sieht er da. Einen Wolf mit weißen Haaren. Einer wie er ist längst aus der Mode gekommen. In letzter Zeit hat er oft darüber nachgedacht, nach Hause zu gehen. Zurück nach Mühleip. Einen kleinen Bauernhof kaufen, mit dem Hund dasitzen und auf den Westerwald schauen.

In der Fensterscheibe spiegelt sich auch das Bett mit Marina. Ihre Stiefel ragen unter dem Laken hervor. Bestimmt überlegt sie, was er als Nächstes tut. Er weiß es selber nicht.

Er kann also nicht mal mehr das richtige Stöhnen der Weiber von falschem Nuttengejammer unterscheiden, denkt Planck. Die Story von ihrem Bruder hat er auch geglaubt. Vielleicht ist er einfach zu alt geworden für das Geschäft.

Ob ihr Bruder für ein paar Tage bei ihnen wohnen könne, hat sie ihn gefragt. Planck hat sogar ein Appartement frei gemacht für ihn.

Andrej war ein Riese. Er sprach kein Wort. Angeblich konnte er nur Russisch. Es hat gedauert, bis der Kölner kapierte, was da wirklich lief, mit Marina und ihrem Bruder.

Eigentlich geht der Kölner jeden Tag um vier mit dem Hund auf die Straße. Heute nicht. Heinz, der auf das »123« aufpasst, wenn der Kölner außer Haus muss, saß noch im Alcazar beim Pokern fest. Also hockte Planck sich mit dem Hund in die Pförtnerloge. Während Terry seinen Nachmittagsschlaf hielt, schaltete er die Monitore durch. Wo er gerade noch Marina sah, oben auf dem vierten Flur, wie sie in einem schicken Kleidchen in der 15 verschwand. Planck hat sofort auf die Kamera für das Appartement geschaltet. In jedem Zimmer hat er eine Kamera hinter dem Spiegel installiert. Woher sollen Heinz und er sonst wissen, was los ist, wenn eines der Mädchen mal den Alarmknopf drückt?

Nach Bruderliebe sah es jedenfalls nicht aus, was er da sah. Marina kroch auf allen vieren vor dem Russen herum. Bis er sie dann im Stehen nahm. Durchs Zimmer ist er gelaufen, während sie auf seinen Hüften saß. Und gestöhnt hat sie. Verdammt noch mal. Dass der Russe ein richtiges Tier ist, hat Planck gedacht. So einer, wie er selber mal war. Früher. Und Marina hat auch ganz anders gestöhnt als sonst. Bis Rainer Planck endlich kapierte, dass es Marinas echtes Stöhnen war, was er da aus den Lautsprechern hörte.

Er hat sich das eine ganze Zeitlang angesehen, weil er es gar nicht glauben wollte. Erst als die beiden fertig waren, wusste er, was zu tun war. Planck packte sich den Baseballschläger und fuhr mit dem Aufzug nach oben. Mit dem Schläger hämmerte er gegen die Tür. Mit einem dämlichen Gesichtsausdruck hat Andrej aufgemacht.

Der Kölner hat sofort zugeschlagen, kein Zögern, er wollte dem Russen da gleich das Gesicht zertrümmern. Aber der Baseballschläger streifte den Türpfosten und traf den Russen nicht richtig. Und da blitzte bei dem auch schon ein Messer. Plötzlich konnte der Russe auch Deutsch.

»Komm her, du Arschloch. Komm schon!«, hat er gebrüllt.

Der Kölner hatte keine Angst vor dem Russen. Das ist seine Stärke, dass er vor keinem Angst hat. Planck machte zwei Schritte nach vorn und trat die Tür hinter sich zu. Im Appartement schwebte Marinas Parfum. Sie selber war nicht zu sehen. Vielleicht ist sie im Bad oder auf dem Balkon, dachte der Kölner. Dann belauerten sie sich, Andrej und er. Umkreisten sich, ließen sich nicht aus den Augen.

Dass er mehr Geduld hatte als der Russe, das wusste Planck. Er wartete nur darauf, dass der Russe zustach. Und so war es auch. Der Kölner wich im richtigen Moment aus, schlug dem Russen das Messer aus der Hand. Er schlug gleich noch einmal zu. Diesmal traf er ihn an der Schläfe. Dem Russen knickten die Knie weg, er fiel auf den Stuhl, der unter ihm zerbrach, ging zu Boden, rollte die Augen nach hinten, und schon hockte Planck über ihm, packte sich den linken Arm und brach ihn über dem Knie. Die Knochen knackten wie morsches Holz.

Dann machte der Kölner einen Fehler, als er glaubte, der Russe hätte genug. Planck stand auf, um im Bad nach Marina zu sehen. Und dann plötzlich zog ihm Andrej von hinten ein Stuhlbein über den Schädel. Aber Planck fiel nicht, stieß nur gegen das Waschbecken, schaffte es, die Tür des Badezimmers zuzutreten und sich gegen die Tür zu stemmen. Wie von Sinnen haute der Russe auf das Türblatt. Und dann, als das Hämmern schon weniger wurde, gab der Kölner die Tür frei, der Russe stürzte in das Bad, da schlug der Kölner ihm die Keule zwischen die Zähne, dass Blut spritzte und Zähne flogen.

Andrej ging rückwärts, hielt sich den Kiefer, torkelte zurück, aus dem Appartement heraus, auf den Flur, stolperte die Treppe runter. Planck wollte hinterher, mit dem Baseballschläger im Anschlag. Er sah den Russen durchs Treppenhaus hasten, dritte, zweite, erste Etage, Erdgeschoss.

Dann verschwand er im Flur, der Kölner hörte von unten noch ein Kläffen. Terry war aufgewacht. Dann hörte er den Hund jaulen. Und Planck rannte die Treppen hinunter.

Terry kauerte im Hof. Es war ein grauer Regentag, und der Hund lag da wie ein zusammengerollter Fransenteppich. Das Messer hatte der Russe in Terrys Hals stecken lassen. Der Hund winselte, sah den Kölner ahnungsvoll an.

Der Kölner kniete vor seinem Hund und war wie gelähmt. Der Regen klatschte ihm auf den Kopf. Er saugte sich voll mit Hass da auf den Knien. Irgendwann schob er dem Hund die Hände unter, trug ihn ins Haus, trug ihn hinauf in seine Wohnung in der ersten Etage. Planck trat gegen die Tür. Marina öffnete ihm mit einem strahlenden Lächeln. Als hätte sie es gar nicht erwarten können, dass er endlich von seinem Spaziergang mit dem Hund zurückkäme.

»Was ist passiert?«, fragte sie, als sie den toten Hund auf seinen Armen sah.

Planck ging schweigend an ihr vorbei, trat die Tür hinter sich zu. Den toten Hund legte er aufs Bett. Auf Marinas Seite. Er warf eine Decke über den Hund, dann nahm er die Handschellen aus dem Schrank, packte Marina, warf sie auf das andere Bett.

Drei Stunden sind vergangen seitdem. Er zieht die Decke von dem toten Hund, dreht Terry den Kopf so, dass die toten Augen des Hundes zu Marina sehen. Dann zieht er das Laken von ihrem Gesicht. Die Russin sieht in Terrys Augen und schreit. Während Planck sich das Hemd über den Kopf zieht. Das Blut von Terry und dem Russen ist längst getrocknet.

»Es tut mir leid«, stammelt sie.

»Was?«

»Dass dein Hund tot ist.«

»Sei still!«

»Ja«, sagt sie.

Der Kölner dreht das Hemd zusammen. Legt es ihr wie einen Strick um den Hals. Jetzt füllen sich ihre Augen mit Tränen. Dann soll sie eben heulen. Er hat nachgedacht, er könnte sie davonjagen. Dann sieht er zu Terry, sieht in die toten Hundeaugen und zieht zu.

Die Russin beginnt zu japsen und zu röcheln. Er lässt ihr noch ein wenig Luft. Sie rüttelt jetzt an den Handschellen, strampelt mit den Füßen. Planck macht noch mal die Schlinge auf. Gierig saugt die Russin die Luft ein.

»Gegen einen wie dich komme ich einfach nicht an«, röchelt sie.

»Wenn du das endlich kapierst«, sagt der Kölner.

* * *

Rainer Planck wird vom Landgericht Karlsruhe wegen Mordes an der Prostituierten Lidija Ponomarew und wegen schwerer Körperverletzung zum Nachteil des Andrej Getmanow zu einer lebenslangen Haftstrafe verurteilt. Nach zwei Monaten versucht Planck, sich das Leben zu nehmen, indem er mit dem Kopf gegen die Zellenwand läuft. Mit einem Schädel-Hirn-Trauma wird er ins Krankenhaus eingeliefert. Nach der Entlassung aus dem Krankenhaus wird Planck in eine geschlossene psychiatrische Klinik in Frankfurt eingewiesen. Dort stirbt er ein halbes Jahr später an einem Herzinfarkt.

TESTFAHRT
(Claudia & Giancarlo)

AEROPORTO DI MILANO-MALPENSA, 15. OKTOBER, 6 UHR 13. Ein Espresso macchiato im Vorübergehen. Das Mädchen an der Fiorenzato-Maschine schenkt ihm das zweite Lächeln des Tages. Noch in der Nacht, als er aus Emilias Bett stieg, bekam er das erste.

Emilia liebt ihn. Er mag es, wenn er geliebt wird.

Die Mädchen lächeln ihm zu von allen Seiten. Auch das Mädchen am Zeitungskiosk lächelt. Es ist hässlich. Nur die Dummen unterscheiden zwischen hässlichen und schönen Frauen, denkt er. Also lächelt er der Hässlichen am Kiosk zu, wie er der Hübschen am Espressostand zugelächelt hat. Er kauft ihr eine Sportzeitung ab, auch noch einen Thriller und eine Rolle Pfefferminz. Bevor er das Gate aufsucht, benutzt er die Toilette. Er betrachtet sich im Spiegel. Ein Geschenk, dieses Gesicht.

Ein Geschenk seiner Mutter. Sie war das schönste Mädchen in Pistoia. Von seinem Vater weiß er nicht viel. Nur, dass er Gustav hieß, blond war und aus Österreich kam. Dass er sich auf der Durchreise befand und der Erste war, der seiner schönen Mutter gefiel. Danach war ihr keiner mehr gut genug. Gustav war auf dem Weg nach Athen und wollte anschließend zu ihr zurück. Gekommen ist er nie.

Die blonden Haare hat Giancarlo vom Vater geerbt. Seit ein paar Jahren sind seine Schläfen grau. Das Gesicht ist perfekt geschnitten, da fällt ihm das Lächeln leicht, das auf seinem Gesicht liegt wie ein feines Tuch.

Giancarlo faltet die Zeitung auf. Die Rot-Schwarzen haben verloren. Sein Handy fiept.

»Bist du schon wach, Giancarlo?«

Er lacht. Er ist nicht nur hübsch, er ist auch freundlich.

»Ich fliege gleich nach Deutschland, Mutter.«

»Ich kann nicht schlafen.«

»Ich weiß.«

»Bringst du mir was mit, mein Schatz?«

Manchmal ist sie wie ein Kind. Aber warum nicht? Sie ist seine Mutter, sie kann alles sein.

»Natürlich. Was möchtest du denn?«

»Einen schönen Duft möchte ich«, sagt sie mit der Stimme eines kleinen Mädchens.

»Ja, Mutter.«

Die Stewardess tritt an das Gate und ruft zum Boarden. Sie sieht gut aus, und sie weiß es. Wie alle Hübschen wissen, dass sie hübsch sind, denkt er. Er weiß es ja auch. Ihr Stewardessenlächeln gilt allen, die ihr die Tickets entgegenstrecken. Aber als sie ihn sieht, wird es ein anderes Lächeln.

»Du bist ein lieber Junge, Giancarlo«, hört er seine Mutter sagen.

DÜSSELDORF-HOLTHAUSEN, 6 UHR 43. Sie betrachtet den Fingernagel. Abgebrochen, gestern, an der Klappe des Kopierers. Sie hasst das Kopieren. Etwas immer und immer zu wiederholen. Ihr Leben ist auch eine Kopie. Heute wird auch nur wieder eine Kopie von gestern. Und gestern war schon die Kopie von vorgestern. Alle Tage der letzten sieben Jahre sind Kopien ihres ersten Tages in der Firma.

Sie feilt den Nagel an ihrem linken Zeigefinger. Ausgerechnet dort muss der Nagel abbrechen. Dem Finger fehlt doch schon die Kuppe. Ein falscher Schnitt mit dem Tranchiermesser, lange her.

Sie trägt die Wimperntusche auf. Dann den Lippenstift. Sie ist zufrieden mit ihrem Aussehen. Über dem Durchschnitt. Wegen der Wangenknochen, die sich sanft erheben und ihrem Gesicht Kontur geben. Und wegen der Augen mit dem hellblauen Strahlen. Als seien sie von innen beleuchtet.

Telefon. Der gibt nicht auf. Will seine schöne Geliebte nicht hergeben. Anfangs hat sie sich eingebildet, sie würde ihn lieben. Vielleicht, weil so viele ihn wollten und sie ihn bekam. Er ist fünfzehn Jahre älter und sitzt im Vorstand. Es reicht ihm nicht, eine hübsche Frau zu haben, das Kind in Salem auf dem Internat, eine Villa, eine Yacht vor Saint Jean de Luz und das Appartement in Oberbilk, von dem niemand weiß außer ihr. Er will mehr. Er will auch noch eine schöne Geliebte.

»Können wir uns heute sehen, Claudia?«

»Nein.«

»Wir treffen uns in Oberbilk.«

»Nein!«

»Was ist denn?«

»Ich habe dir doch gesagt, dass es vorbei ist.«

»Du hast einen anderen Stecher, stimmt's?«

Er kann so schnell grob werden.

»Ich hab lieber keinen als dich«, sagt sie.

Er holt Luft. Schluckt.

»Weißt du, wie weh das tut, wenn du so etwas sagst, Claudia-Liebling?«

Sie schweigt. Er atmet, lauert auf ein Nachgeben. Sie hat schon oft nachgegeben, zu oft schon. Aber jetzt hat sie nur noch Verachtung für ihn.

»Bitte«, sagt er, »gib mir noch eine Chance! Nach Weihnachten rede ich mit meiner Frau wegen der Scheidung.«

»Es ist zu spät«, sagt sie und legt auf.

In der S-Bahn sieht sie sich im Fenster. Der Fahrtwind fegt die Regentropfen über ihr Spiegelbild. Dass sie kein Glück hat mit den Männern, denkt sie. Mein Gott, sie ist siebenundzwanzig. Wie lang soll das noch so gehen, dass sie keinen findet? Wenn an allen, die ihr gefallen, schon eine Andere klebt?

ALITALIA-FLUG MAILAND-DÜSSELDORF, 8 UHR 20. Über Süddeutschland geht ein Gewitter. Die Maschine wackelt. Bei den Passagieren breitet sich Schweigen aus. Er sieht aus dem Fenster. Nichts als dunkelgraue Wolken.

Die Frau auf dem Nebensitz ist Anfang vierzig. Vielleicht auch älter. Sie ist keine, die ihr Aussehen dem Zufall überlässt. Sie blättert in der amerikanischen *Vogue*. Ihr Lächeln trägt sie auch im Gewittersturm. Als er sie betrachtet, dreht sie sich zu ihm, verzieht den Mund. Es soll heißen, dass sie keine Angst hat.

»Man fragt sich gleich, ob der Grund der Reise einen Absturz wert wäre«, sagt sie.

»Und«, sagt er, »wäre er's?«

»Natürlich nicht. Das wäre ja allenfalls die Liebe.«

Es überrascht Giancarlo nicht, dass sie das sagt. Die meisten Frauen, die ihm begegnen, nehmen keine Umwege.

»Ich fliege zu einer Modemesse«, sagt sie. »Dafür lohnt es sich jedenfalls nicht, zu sterben.«

»Wenn Sie es sagen«, sagt er und lächelt, »ich war noch nie bei einer Modemesse.«

»Glauben Sie mir, es lohnt sich nicht.«

»Na dann.«

»Und Sie? Lohnt es sich bei Ihnen?«

»Auch nicht«, antwortet er und erzählt, was ihn in Düsseldorf erwartet.

»Dann macht Ihnen das hier sicher keine Angst. Wenn Sie einen solchen Beruf haben.«

»Ich habe nur dann keine Angst, wenn ich selbst das Lenkrad halte«, sagt er.

Sie lachen, sie verstehen sich. Und reden noch bis zur Landung. Über ihre Arbeit und über Mailand. Als sie landen, weiß sie, dass er Giancarlo heißt. Sie heißt Carla. Carla hat rote Flecken am Hals, als sie in den Flughafenbus steigen. Sie reicht ihm ihre Karte. Er verspricht ihr, sich zu melden, wenn er in Mailand ist.

Noch am Flughafen kauft er das Parfum für seine Mutter.

DÜSSELDORF-FLINGERN, 9 UHR 58. Sie zieht die Kopien aus dem Kopierer. Sie füllt Toner nach, sieht aus dem Fenster. Ein feiner Nieselregen träufelt herab. Ein Taxi. Der Fahrgast ist blond. Sie sieht ihn nur von hinten. Er zieht einen Rollkoffer. Unter den Arm hat er eine rosafarbene Zeitung geklemmt. So eine, wie es sie in Italien gibt. Ein blonder Italiener. Der Gedanke amüsiert sie.

Sie sieht auf die Uhr. Der Italiener ist auf die Minute pünktlich.

DÜSSELDORF-FLINGERN, 9 UHR 59. Am Empfang sitzt eine Frau mittleren Alters.

»Sie werden gleich abgeholt.«

Er arbeitet zum ersten Mal für diese Firma. Auf dem Werkshof stecken die Testwagen unter den Schutzhauben. Es sind fünf. Unter den Planen sehen die schweren, breiten Reifen hervor.

»Signor Faccetti?«, sagt eine Stimme.

Es ist die Stimme einer Hübschen. In deren Blick eine Menge Fragen liegen, denkt Giancarlo. Die junge Frau begleitet ihn zum Aufzug. Als die Tür schließt, riecht er ihr Parfum. Es riecht jung.

»Hatten Sie eine angenehme Reise?«, fragt sie.

»Nur ein paar Turbulenzen.«

»Oh«, sagt sie, »das tut mir leid.«

Sie trägt lange, rot lackierte Fingernägel. Der Nagel ihres linken Zeigefingers ist kürzer als die anderen, die Spitze des Fingers ist verkrüppelt. So etwas fällt ihm auf. Es liegt an seinem Beruf, dass ihm die geringsten Normabweichungen auffallen. Sonst wäre er wahrscheinlich schon längst tot, denkt er.

»Da sind wir«, sagt sie.

Der feiste, glatzköpfige Konstrukteur sagt, dass es bei dem Mach IV Probleme mit den Radaufhängungen und der Traktion gibt. Der Dicke passt nicht in den Wagen, den er selber konstruiert hat, denkt Giancarlo. Die Hübsche bringt die Kopien der bisherigen Tests und Kaffee. Er fragt nach Tee. Sie lächelt.

Sie wartet mit den Papieren bei der Werkstatt, als er mit dem ersten Wagen startet. Wenn er zurückkommt, um den nächsten Wagen zu holen, diktiert er ihr seine Kommentare.

DÜSSELDORF-FLINGERN, 11 UHR 30. Der Italiener ist schön wie ein Filmschauspieler, denkt sie. Zuvorkommend ist er auch noch. Wann trifft man schon mal so einen? Giancarlo. Sein Name klingt wie ein Lied. Und wenn er aus den Wagen steigt, um ihr die Testergebnisse durchzugeben, schenkt er ihr jedes Mal ein riesiges Lächeln. Für jeden Eintrag im Testbericht bedankt er sich.

»Grazie, Claudia.«

Sie ist schon ganz verlegen deswegen.

Es würde sie nicht verwundern, wenn er von den Testfahrten Blumen mitbrächte, so wie er sie ansieht.

Sicher hat er viele Frauen. Er sieht ja auch toll aus in seinem weißen Overall. Wie ein Rennfahrer. Nach der letzten Testfahrt lädt Claudia den Italiener zu einem Imbiss ein. Es ist nicht vorgesehen, dass sie das tut, das weiß sie natürlich. Aber da ist es schon geschehen.

»Sehr gerne«, sagt Giancarlo.

DÜSSELDORF, HAFEN, 16 UHR 10. Dass er Claudia gefällt, da ist er sich sicher. Wo sie ihn sogar zum Essen einlädt. Wenn sie es nicht zuerst gesagt hätte, dann hätte er es gesagt. Er bleibt gleich da in dem Sportwagen sitzen. Sie steigt ein, der Rock rutscht ihr über die Schenkel. Sie lacht.

»Na ja«, sagt sie und zerrt an dem Rock, »unsere Autos sind eben keine Taxen.«

Sie lacht gern. Er mag das. Und wegen der Wangenknochen erinnert sie ihn an eine amerikanische Sängerin, deren Name ihm nicht einfällt.

DÜSSELDORF, HAFEN, RESTAURANT OLIVE, 16 UHR 20. Sie wählt das Olive. Man kann auf den Rhein sehen. Ein Dutzend Gäste dort. Zwei Mädchen sehen nach dem Italiener in dem weißen Overall, der ihr den Stuhl anrückt.

Mein Gott, denkt Claudia, noch nie hat sie einen Mann getroffen, der so selbstsicher ist. Und gleichzeitig so zuvorkommend. Wenn er lacht, falten sich in seinen Wangen Grübchen. Er lacht oft. Sie ja auch. Er schwärmt von Italien. Von Mailand, Lucca und Florenz.

»Du musst mich besuchen in Mailand«, sagt er.

»Ja«, sagt sie.

Sie bestellen Croissants und Kaffee. Einmal geht sein Handy, er lächelt und verdreht die Augen, es ist seine Mutter.

»Si, Mamma!«, sagt er noch, bevor er das Gespräch beendet.

Claudia spürt, dass sie sich verliebt hat. Sie würde ihn nur allzu gerne gleich dabehalten. Aber er ist auf die Abendmaschine nach Mailand gebucht. Sie hat ja selber die Tickets bestellt.

Sie ist sicher, dass er sie zum Abschied küssen wird. Wahrscheinlich erst, wenn das Taxi kommt, das ihn zum Flughafen fährt.

Wenn er sie nicht küsst, wird sie es tun.

DÜSSELDORF, HAFEN, RESTAURANT OLIVE, 16 UHR 27. Dass er sie noch küssen wird, da ist er sich sicher. Aber jetzt nicht. Noch nicht. Wenn er zum Flughafen abgeholt wird, dann. Er denkt sogar darüber nach, ob seiner Mutter das Mädchen gefiele. Darüber muss er lächeln.

DÜSSELDORF, STADTAUTOBAHN, 17 UHR 50. Der Mach IV liegt auf der Straße wie eine vierreifige Walze. Der Motor will die Schwerkraft besiegen. Dreihundertneunzig PS. Die leiseste Berührung des Gaspedals bringt den Mach IV zum Fauchen. So wie Giancarlo es mag. Ein guter Wagen, denkt er. Ein paar Fehler noch, aber die hat er Claudia ja in den Testbericht diktiert.

Er fährt auf die Schnellstraße. Es dämmert. Unter den Laternen schwebt der Dunst von feinem Nebel.

Bei Kilometer 1,2 lachen er und Claudia über ein komisches kleines koreanisches Auto. Auf dem Rücksitz hockt ein Bernhardiner, dem das Dach des Wagens den Schädel nach unten drückt.

Giancarlo tippt das Gaspedal an. Der Wagen jagt los. Sie werden in die Sitze gepresst.

Bei Kilometer 2,1 legt Giancarlo seine Hand auf ihre. Wenn er es nicht getan hätte, hätte sie es getan. Bei Kilometer 2,9 fegen sie an einem Kleinlaster mit polnischem Kennzeichen vorbei. Mit seiner Hand auf ihrer bewegt er den Schalthebel. Claudia denkt, der Hebel fühlt sich an wie ein geschliffener Stein.

Vierter Gang, fünfter, sechster. Bei Kilometer 3,9 streicht er über den verkrüppelten Finger und den kurzen Nagel ihrer linken Hand. Claudia verzieht lächelnd den Mund. Aber er sieht auf die Fahrbahn. Er ist eben Profi.

Bei Kilometer 4,0 überholt er einen Rollerfahrer. Der Roller scheint zu stehen, denkt sie noch. Dann fliegt ihnen die Rechtskurve entgegen. Der Pilot des Hubschraubers, der später mit einem Fernsehteam die Strecke abfliegt, wird sagen, die Kurve habe einen merkwürdigen Verlauf.

Das Lenkrad liegt ruhig in seiner Linken. Ihm entgeht nicht, dass sich ihre Hand in der Kurve verkrampft. Die Straße dreht sich leicht nach rechts, wird enger. Ein untrainierter Fahrer hätte jetzt auf die Bremse getreten und ein Schleudern riskiert. Er nimmt nur kurz den Fuß vom Gas und beschleunigt dann neu, weil die Kurve schon zu Ende scheint; und ist überrascht, dass die Straße gleich darauf einen noch engeren Bogen nach rechts nimmt.

Jetzt bremst er doch, die Bremsen packen zu, natürlich packen sie zu, sie sind doch wie die Krallen eines Adlers, denkt er. Aber da rutscht dem Mach IV schon das Heck zur Seite, auf dem nassen Asphalt. Giancarlo lässt Claudias Hand los, hat jetzt beide Hände am Lenker, er hört sie schreien, während er das Lenkrad in die andere Richtung dreht, er macht das doch nicht zum ersten Mal, aber jetzt ist es anders, denkt er noch, es ist anders als die ganzen Male davor.

Und dann bricht ihm der Mach IV bei Kilometer 5,4 endgültig aus, dreht sich um die eigene Achse, für einen Augenblick schauen die Insassen auf die Strecke, die sie gerade erst zurückgelegt haben, dann schleudert der Wagen weiter herum, hebt sich von der Straße, ein Wind fegt unter das Bodenblech, stellt den Wagen auf, der jetzt dahinfliegt wie ein Stück Pappe im Sturm.

Bei Kilometer 6,1 schießt der Mach IV gegen einen Lichtmast, der dem italienischen Fahrer den Kopf abschlägt. Die Beifahrerin wird gegen die Armaturen geschleudert, sie wird zusammengestaucht wie unter einer Stahlpresse, es zerquetscht ihr die Organe, drei Halswirbel brechen, der Kopf wird zerschmettert.

Beide Insassen sind tot, noch bevor der Wagen bei Kilometer 6,5 endgültig zum Stehen kommt. Nach einigen Sekunden der Stille züngeln Flammen aus dem Motorblock, schnell schlagen sie hoch, eine gelbweiße Stichflamme erhebt sich, bis der Beifahrer des polnischen Kleinlasters die Flammen mit dem Feuerlöscher unter einem Schaumteppich erstickt.

Nur sieben Minuten später trifft der erste Rettungswagen ein. Der Notarzt wirft einen Blick auf das Wrack des Mach IV, dann wendet er sich ab, streicht ein wenig Brandsalbe auf die Wunde, die der Pole sich beim Löschen zugezogen hat. In seinem Bericht wird der Arzt später vermerken, dass der linke Zeigefinger der Toten verkrüppelt ist.

DANK

Meinen Söhnen Mats und Tim und meiner Frau Birgit. Danke an Birgit Schmitz/Daniel Graf (Lektorat) und Micha Sperschneider.

Jochen Rausch